Detlef Hartlap

Tisch für Zwei –
Geschichten mit Lena

die besten Episoden aus der
prisma-Kolumne

Detlef Hartlap

Tisch für Zwei –
Geschichten mit Lena

die besten Episoden aus der prisma-Kolumne

*lllustrationen
von Markus Pötter*

Aschendorff
Verlag

© 2016 ASCHENDORFF VERLAG GMBH & CO. KG, MÜNSTER
www.aschendorff-buchverlag.de

Printed in Germany
Gedruckt auf säurefreiem, alterungsbeständigem Papier ∞

ISBN 978-3-402-13194-7

Vorwort

Wie viele schöne Gewohnheiten beginnen mit einem Versuch, einem Ausprobieren und nehmen unversehens eine Gestalt an, von der man meint, es habe sie schon immer gegeben?

Der „Tisch für zwei" entstand 2009 aus der Verlockung einer leeren Spalte im Fernsehmagazin *prisma*. Die erste Folge gebar eine zweite, nach der dritten kam, als Postkarte, die erste Leserinnenreaktion: Wie lange läuft das eigentlich schon, lautete sinngemäß die Frage, könnten Sie das nicht auch als Buch herausbringen?

Nichts lag uns in der *prisma*-Redaktion damals ferner als ein Buch, aber so eine kleine Anfrage spornt ungemein an. Und das nicht nur, was das Weitermachen betrifft, es verleitet zu neuer Sorgfalt bei der Auswahl des Stoffes und auch beim Schreiben selbst. Binnen weniger Monate wurde aus dem Übermut, eine Illustrierten-Spalte mit launigen Liebeshändeln zu füllen, eine Kolumne, die spürbar von immer mehr Menschen gelesen und erwartet wurde.

Eines Tages meldete sich, per Mail, eine männliche Stimme aus dem, wie sie angab, Umkreis von Alice Schwarzer und monierte, die Kolumne „Tisch für zwei" sei in höchstem Maße frauenfeindlich, man würde das im Auge behalten …

Ja, bitte, behalten Sie! Die Tisch- und Schlafzimmer-Käbbeleien zwischen Lena und ihrem Mann bedürfen sicher keiner Schiedsrichterin oder eines Ombudsmannes, sie neigen sich aber verlässlich bald der einen, bald der anderen Seite zu, wie das im wirklichen Eheleben leider nur im Idealfall geschieht.

Lena hat es beruflich weiter gebracht als ihr (namenloser) Ehemann, doch als sie schwanger wird und ihre Karriere schließlich unterbricht, steht sie vor dem gleichen Dilemma, wie so viele andere Frauen auch: Kind oder Beruf? Sehnsucht gegen Sehnsucht, Erfüllung gegen Erfüllung.

Dabei wird „Tisch für zwei" nie zu einem Drama in Kurzform. Er versteht sich als Streiflicht einer Liebe in Zeiten der Liebesunsicherheit.

Ein Leser fragte, per Brief: „Wie lange geben Sie den beiden noch?"

Die Antwort lautet: sehr lange.

Düsseldorf, Juli 2016   Detlef Hartlap

Inhalt

1. Zerwühlung

So eilig hatte ich es heute Morgen nicht und wollte eigentlich noch ein bisschen den Sportteil studieren. Aber dann kam es näher, dieses Scheppern, Schlagen, Anfahrrauschen. Die Müllabfuhr!

Noch ehe ich mich, die Zeitung in der Hand, vom Tisch erheben konnte, rauschte Lena nach draußen und stellte die Tonne an ihren Platz. Oh je.

„Ich wollte das gerade erledigen", beteuerte ich. „Was ist denn heute dran, die Grünabfuhr? Ist ja sowieso deine Sache ..."

Lena hatte diese Flecken am Hals, die nichts Gutes verhießen.

„Du bist einfach zu beschäftigt, um an solch profane Dinge wie die Müllabfuhr zu denken", sagte sie sarkastisch. Ich hoffte schon, damit hätte es seine Bewandtnis, aber da täuschte ich mich.

„Und nein, es ist nicht die Grünabfuhr", fuhr sie fort. „Ich verstehe nicht, wie ein erwachsener Mann derart pflichtvergessen sein kann und immer alles auf die letzte Sekunde verschiebt. Du bist ein schwerer Fall von ... Wie heißt noch die Studentenkrankheit?"

„Prokrastination", antwortete ich ohne Verzögerung.

Einmal in Rage war Lena nicht zu bremsen. „Immer muss ich dich auffordern, auch mal was für den Haushalt zu tun. Du weiß genau, dass ich heute eine wichtige Sitzung habe. Aber von dir kommt gar nichts, und nichts tust du sofort."

„Sofort ist ganz schlecht", antwortete ich so leichthin wie möglich. „Wann ich was anpacke, darfst du getrost mir überlassen, mein Schatz."

Darauf ließ sich Lena nicht ein. „Das Bett ist auch noch nicht gemacht!" Ihr Sinn für Humor war immer schon eine Frage der Tagesform gewesen. Aber wenn sie mir so gar nicht entgegenkam, begann ich, an meinem Humor zu zweifeln. Es ist ein zwiespältiges Gefühl, Komödie zu spielen ohne die geringste Hoffnung auf Applaus.

Ich versuchte es trotzdem.

„Ich liebe den Anblick unseres zerwühlten Bettes", dozierte ich, „das ist unsere Nacht, die dort das Licht des neuen Tages erblickt."

Meine Bemerkung erfüllte mich mit einem gewissen Wohlgefühl. Ich war plötzlich wieder bester Laune. Dies war ein Tag, das spürte ich, an dem ich neuen Wahrheiten ins Auge blicken würde. Oder neuen Irrtümern. Egal. Sind denn nicht (das mal beiseitegesprochen) alle Erfindungen nur Erfindungen neuer Irrtümer? Und alle Entdeckungen die Entdeckung alter Irrtümer?

Lena blickte mich an, wie wenn ich den Verstand verloren hätte.

„Tatsache", beharrte ich, „dieser innere Zwang, alles zacki, dalli hinzufluppen ist verheerend. Lass uns das Schöne bewahren, statt alles immer neu herzurichten!"

Lena nahm ihre Tasche. „Ich muss los", sagte sie, „du kann ja noch die Welt verbessern, indem du sie von ihren Irrtümern befreist. Aber tu mir einen Gefallen: Mach das Bett und vergiss nicht abzuschließen!"

Und gerade als ich dachte, sie würde gruß- und kusslos die Tür hinter sich zuschlagen, kam sie noch einmal zurück. Aber nicht, um mir was Nettes zu sagen.

Sie sagte: „Geist oder was sich dafür hält, tritt übrigens mit Vorliebe in Form von Schwachsinn auf."

2. Elch am Fenster

Im Fernsehen lief wieder mal nichts Gescheites. Lena wickelte am Laptop ihre (und unsere) Bankangelegenheiten ab. Warum brauchte sie dafür so lange, dachte ich, wir haben doch eh kein Geld.

Ich widmete mich unterdessen meinem alten Hobby, dem Studium von Landkarten. Schon als Schüler hatte ich die Wände meines Zimmers mit Traumländern und Popstars beklebt, auch wenn sie nicht zusammenpassten: Argentinien und Howard Carpendale, Irland und „Crowded House", dazu wunderschöne Karten von Ruanda und Burundi, Länder, die ich mir paradiesisch vorstellte. Dass man sich dort gerade die Köpfe einschlug, wusste ich nicht.

„Was studiert der Herr denn da?", wollte Lena wissen. Offenbar war sie fertig mit ihrer Bank.

„Schweden", antwortete ich knapp, denn ich ahnte, was folgen würde.

„Wir wandern unter keinen Umständen nach Schweden aus", stellte Lena prompt und unmissverständlich klar. Es gab Situationen, da hörte sie das Gras wachsen, bevor es überhaupt gesät war.

Zwar hatte ich nicht im Geringsten vor, nach Schweden auszuwandern, trotzdem warf ich ein: „Als wir dort im Urlaub waren, hat es dir gefallen."

„Ging so. Es war nicht besonders warm, es war einsam, und einmal hat jemand gegen die Scheibe geklopft, während du schliefst."

„Das war ein Elch."

„Träum schön, Schatz! Denk an die vielen Morde. Schweden ist das Land mit den furchtbarsten Morden im Fernsehen."

„Lena", stöhnte ich auf, „du kannst doch nicht von den Fernsehkrimis aufs Land schließen. Wenn es nach den Filmen ginge, dürftest du nie in die USA auswandern."

„Ich denke auch nicht daran."

„... oder nach England."

„Habe nicht die Absicht. Was redest du immer vom Auswandern? Ich möchte ein Kind bekommen und es hier in Deutschland aufziehen."

„Ich habe nix von Auswandern gesagt", rief ich. „Ich habe hier in aller Ruhe eine Landkarte studiert, und dann bist du gekommen und hast gesagt, dass du dahin unter keinen Umständen auswandern möchtest."

„Nein, du hegst Auswanderungsgedanken, warum studierst du auch sonst in einem fort diese langweiligen Karten?"

Ach, was sollte ich sagen? Ich hätte gern meine Karten verteidigt, die zum Teil schon recht alt waren. Aber ich wollte auch vermeiden, dass sich die Diskussion weiter hochschaukelte. Meine Liebe zu Landkarten war ohnehin schwer zu erklären. Sie öffneten Räume und Träume, Möglichkeiten von Existenzen in anderen Weltgegenden, die auf immer verschlossen bleiben würden. Wenn ich die Chance zu einem Studium bekommen hätte, wäre Geographie mein Fach geworden. Aber was machte man eigentlich mit Geographie? Geologen, ja, die waren überall gefragt. Im Gestein, da lag das große Geld.

„Manchmal klopft man bei dir auf Stein", sagte ich.

Lena blickte mich amüsiert an. „Du bist ein Träumer", stellte sie mit der Gewissheit einer unerbittlich bodenständigen Frau fest. „Manchmal träumst du davon, auf einem See in Schweden allein in einem Boot zu sitzen, zu angeln und keinerlei Verpflichtungen zu haben."

Ich würde es niemals zugeben, aber ganz falsch lag sie damit nicht.

❧

3. Zwei Spiegeleier

Der Blick, der mich morgens beim Ankleiden traf, war nicht ganz und gar lieblos, das nicht. Aber so wie Lena mich betrachtete, lag darin doch auch die Weisungskraft einer strengen Lehrerin. „Täusche ich mich", sagte sie, „oder solltest du mehr auf deine Figur achten?"

Es gibt nur eines, was schlimmer ist als das Gefühl, zugenommen zu haben – darauf angesprochen zu werden.

„Ein guter Hahn wird niemals fett", entgegnete ich munter und ruckte mit Verve den Gürtel meiner Jeans zurecht.

„Hähne, mein Lieber", belehrte sie mich, „sind ein flatterhaftes Gesindel, aber wenn sie fett und bequem werden, sind sie nur noch Hähnchen."

Oy, das saß.

„Danke, mein Schatz", gab ich zurück, „den Appetit aufs Frühstück lass ich mir davon nicht verderben."

Als ich aber am Herd stand, Öl in die Pfanne goss und mich auf die gewohnten zwei Spiegeleier freuen wollte, hatte sich der Schatten einer Missstimmung über mich gelegt. Lena würde sich ihrerseits, sobald sie ihre morgendliche Schönheitspflege abgeschlossen hatte, ein vorbildlich gesundes Menü aus Urkorn-Flocken, frischem Obst und ausgewählten Nüssen bereiten. Und natürlich würde ich, wie an jedem Morgen, nicht um die Ermahnung herumkommen, „meine Pfanne" zu reinigen, worin auch eine Missbilligung meiner Frühstücksgewohnheit zum Ausdruck kam.

Während ich noch vor mich hin grollte, kam sie, reichlich Creme im Gesicht, an meine Seite, nahm mich sanft in den Arm und sagte: „Ich wollte dir nicht wehtun, Darling. Wenn du so ein Hahn bist wie letzte Nacht, ist das völlig okay."

„Nein, nein", antwortete ich, „du hast ja schon recht. Mehr Sport tut not. Noch heute fange ich damit an."

„Wirklich?" Lena strahlte unter ihrer Maske.

„Ja. Heute Abend sehe ich mir das Spiel von Borussia Dortmund im Fernsehen an."

❧

4. Die wilde Hilde

Lena saß am Steuer, ich blieb meinen Gedanken überlassen. Wie so oft auf weiten Wegen redeten wir nicht viel. Irgendwo in Ostfriesland, wo das Land so flach ist, dass sie schon mittwochs sehen, wer am Sonnabend zu Besuch kommt, wartete Tante Hilde auf uns. Tante Hilde war wichtig. Sie war reich, und Lena war nicht nur ihre Nichte, sondern ihre einzige nähere Verwandte.

Dessen ungeachtet hegte ich eine stille Bewunderung für diese Frau. „Die wilde Hilde", dachte ich. Ich war überzeugt, dass sie ein Leben geführt hatte, von dem wir Jungen nur träumen konnten. Sie war Seemannsbraut gewesen, Kunstsammlerin, Reitstallbesitzerin, sie hatte dicke Freunde in Bonn und später in Berlin, Männer von

Einfluss, und jetzt, im Alter, spann sie ihr Beziehungsgarn in einer gemütlichen kleinen Teestube im schönen Ostfriesland.

Unsere Tante Hilde.

„Ich habe nicht die geringste Lust auf Hilde", ließ sich Lena plötzlich vernehmen.

„Es ist deine Erbtante", gab ich zu bedenken.

„Und wenn schon …" Lena kaute auf einer Lakritzstange. Sie erinnerte mich jetzt an amerikanische Trucker, wie man sie in Filmen sieht. Die haben auch immer was im Mund, gucken verkniffen aus den Augen und tragen ziemlich gewaltige Stiefel. Auch Lena hatte heute Stiefel an.

„Was schlägst du vor?", fragte ich.

Sie zögerte einen Moment. „Als du noch ein Kerl warst", sagte sie, „haben wir einfach an einer Kneipe gehalten, ein paar Bierchen gezischt, Billard gespielt und abgewartet, was der Abend so bringt."

Ich schaute geradeaus durch die Windschutzscheibe, malte mit den Kiefern, als ob ich auch eine Lakritzstange im Mund hätte, und sagte: „Das ist lange her. Und ich meine, das Problem hätte damals darin bestanden, dass du ein Loch in den Filz gestoßen hättest. Wir haben jedenfalls schnell bezahlt und uns aus dem Staub gemacht."

„Wenn dem Billardtisch nichts Schlimmeres passiert ist", sagte sie gelassen. Sie sah mich von der Seite an: „Du bist langweilig, Schatz, was ist los?"

Ich musste an Tante Hilde denken, die wilde Hilde. Vielleicht hatte Lena ja doch ein bisschen was von ihrer Tante.

Ich sagte: „Du sitzt am Steuer. Entscheide selbst!"

5. Unser Wochenende

Es tut mir leid, dass du so fix und foxi bist", sagte ich und schenkte Lena etwas Rotwein nach. Es war Freitagabend, und es war wie so oft in letzter Zeit. Lena war müde und verdrossen heimgekehrt, enttäuscht über das Missverhältnis von Energie und Ertrag. Eine Woche harter Arbeit ohne Erfolgserlebnis. Sie schob den Rand ihrer Pizza auf meinen Teller, wie wenn ihr alles zuwider wäre.

Viele Leute, dachte ich, mögen ausgerechnet den Rand der Pizza nicht, obwohl er doch das Leckerste ist. Wie konnte ich Lena aufmuntern? „Weißt du, Liebling", begann ich ein wenig salbungsvoll, „mir ist vorhin ein Roman in den Sinn gekommen, der mich als Jugendlicher ungeheuer beeindruckt hat."

„So?"

„Er handelt von einer englischen Landadligen, die das allerbeste Rennpferd ihr Eigen nennt, und von ihrem feschen Stallburschen, der sich liebevoll um das Pferd kümmert. Er gefällt ihr. Eines Tages lädt sie ihn in ihr Gemach ein. Sie lieben sich. Danach tischt sie ihm üppig auf, damit er bei Kräften bleibt. Und so geht das ein ganzes Weekend lang: Lieb und Speis, Speis und Lieb. Sie haben eine wunderbare Zeit."

Zu meiner Enttäuschung erkundigte sich Lena nach dem Pferd. „Das haben sie vergessen, stimmt's?"

„Natürlich nicht", beruhigte ich sie, „das Pferd ging ihnen über alles."

„Wie hieß es überhaupt?"

„Eclipse", sagte ich. Aber das sagte Lena nichts. Sie zuckte mit den Schultern.

„Auch wir beide", unternahm ich einen neuen Anlauf,

„haben das ganze Wochenende vor uns, Liebes, und der Kühlschrank ist voll bis obenhin.

Lena nickte.

„Aber so ein Pferd", sagte sie, „hätte ich auch gern."

❧

6. Frauen im Vergleich

Wir saßen beim Frühstück und lasen Zeitung, und es war ein Foto der unvergleichlichen Audrey Hepburn, das mir ein Licht aufgehen ließ.

Beneideten nicht alle Frauen Audrey um diese Rehaugen? Sehnten sich nicht alle nach einer Figur wie Michelle Hunziker? Wären nicht alle gern so geldgescheit und altersschön wie Christine Lagarde? So lebensklug wie Iris Berben in ihren Filmen? So vollweiblich wie Heidi Klum in ihren späteren Jahren? Hätten nicht viele gern eine männermordende Vergangenheit wie Carla Bruni?

Ganz klar, Frauen überforderten sich, indem sie solche Vorbilder zum Maßstab ihrer eigenen Durchschnittlichkeit nahmen.

Ich ließ die Zeitung sinken und sagte: „Lena, du überforderst dich."

„Danke, Schatz", erwiderte sie, „du bist so verständnisvoll. Trag doch bitte gleich den Müll raus."

„Ich meine", versuchte ich zu konkretisieren, „in deinem Drang, perfekt zu erscheinen und alles perfekt hinzukriegen, belastest du dich ..."

„Wovon redest du eigentlich?"

„Ich rede von euren Vorbildern und eurer Sucht ...“

„Eure Sucht?“

„Na ja, das Kreuz der Frauen besteht doch darin, dass sie sich alle naselang vergleichen. Deswegen studiert ihr ständig diese bunten Illustrierten, die mit den Promis am liebsten bis ins Bad und weiter gehen würden: Hat die einen kleineren Busen als ich? Hab ich die schöneren Beine? Und dieser Hintern von der Kardashian ...“

„Liebling“, unterbrach Lena.

„Ja?“

„Danke für deine Einschätzung meines Tagewerks. Klatsch- und Tratsch-Illustrierte lesen und permanenter Hippen-Vergleich. Ich darf mich wohl glücklich schätzen?“

„Na ja ...“

„Wenn du nur eine Woche meinen Job machen würdest, Süßer, und den Haushalt obendrein, den du großmütig mir überlässt, dann hätte ich vielleicht Zeit, den ganzen Schrott zu lesen. Aber eines enttäuscht mich. Du müsstest eigentlich am besten wissen ...“

„Ja?“

„... dass Kim Kardashians Formen nie und nimmer einen Vergleich mit meinem zarten Popöchen aushalten.“

❧

7. Rauhnächte

Ein Glück, es ist vorüber! Silvester mit der Bleigießerei und den Traumdeutungen, zu denen sich Lena während der zwölf Rauhnächte zwischen Weihnachten und Drei Könige verpflichtet fühlte. Alles hatte seine Bedeutung, alles sagte etwas über den Verlauf des bevorstehenden Jahres, und alles ging mir am Hut vorbei.

Wer an diesen Tagen Nägel und Haare schneidet, werde das ganze Jahr Kopfschmerzen leiden, hatte Lena gewarnt. Prompt ging ich zum Frisör, auch wenn es schwierig war, einen Termin zu bekommen, denn anscheinend hatte sich der Fluch der Rauhnächte nicht überall rumgesprochen.

Wer jetzt frühmorgens pfeife, beschwor mich Lena, dem werde Unglück widerfahren. Ich pfiff so früh und falsch, wie nur ich es vermag.

„Du wirst schon sehen, was du davon hast", resignierte meine Frau, nur um mir einen weiteren ihrer Träume anzuvertrauen. Diesmal war sie ihren Ahnen begegnet (wer das im Einzelnen war, ließ sie offen), und zwar im Supermarkt. Sie waren wie die Kinder und tollten auf den Autos herum, in die man einen Euro werfen muss.

„Lena", sagte ich genervt, „warum erzählst du mir das alles?"

Ohne darauf einzugehen fuhr sie fort: „Die wichtigste Regel für die Rauhnächte lautet übrigens: Kein Sex, dafür nachts ein Stück Zucker auf die Fensterbank legen."

„Ha!", machte ich, „daran haben wir uns nicht gehalten."

„Doch", sagte sie, „ich habe immer Zucker rausgelegt."

❧

8. Falten

Ich saß am Tisch und versuchte mich an einer Königspatience. Seit Neuestem empfand ich eine Sehnsucht nach diesem Spiel. Meine Eltern hatten den Ausgang von Patiencen gern als Wink des Schicksals genommen. Undenkbar, dass ich Patience auf Lenas Tab spielen würde. Ich legte Karten, echte Karten.

Wurde ich langsam alt? Oder handelte es sich nur um einen Anflug von Rührseligkeit? Meine Konzentration auf das Spiel ließ zu wünschen übrig.

Zu allem Überfluss stand Lena hinter meinem Stuhl und spielte in meinem Haar. So richtig angenehm war mir das nicht. Schon fragte ich mich, ob sie vielleicht Anzeichen beginnender Kahlheit entdecken könne und, fast schlimmer noch, mir das auch noch mitteilen würde.

Es kam sogar noch schlimmer.

„Schatz", sagte sie, „du bekommst Falten."

„Das kommt nur, weil ich zu viel lache", entgegnete ich. Wie konnte sie etwaige Falten erkennen, wenn sie hinter mir stand?

„Ich bin gerne bereit, deine liebenswürdigen Lachfältchen abzuziehen", meinte sie frohgestimmt, „aber da bleibt ein Rest."

„Und wenn schon! So alt bin ich noch nicht, dass ich Schminke bräuchte", rezitierte ich mit gehobener Stimme. Von wem stammte das eigentlich?

„Es geht nicht um Schminke", korrigierte Lena geduldig, „sondern um Feuchtigkeit. Deine Haut braucht Hilfe. Ich möchte ja nur, dass man dir deine ewige Jugend noch eine Weile ansieht."

„Das kann warten", maulte ich.

„Übers Abwarten geht die Schönheit dahin."

„Na schön", knurrte ich, „was schlägst du vor?" Meine Patience, das zeichnete sich ab, würde nicht aufgehen. Wie hatte Goethe gesagt: „Ein edler Mann wird durch ein gutes Wort der Frauen weit geführt."

Fragt sich nur, wohin.

☙

9. Wohin jetzt?

Ein Abendspaziergang, der deutlich länger ausfiel als angenommen. Die alten Viertel! Da, wo alles begann. Keine gute Idee, dachte ich, als wir im November-Niesel die Vorstadtstraßen mit ihren eintönigen Reihenhäusern entlanggingen; zu Hause wäre es jetzt wärmer.

Doch dann entdeckte Lena unsere Pommes-Bude. Es gab sie noch. Wir aßen Hähnchenschnitzel mit Zigeunersoße und Pommes rot-weiß. Wie früher. „Wie dreckig das alles ist", stellte Lena im Flüsterton fest, als ob die Frau hinter der Theke, die mit tätowierten nackten Armen und einem Käppi auf der Kopf an allen möglichen Gerätschaften fuhrwerkte, damit zu beleidigen gewesen wäre.

Außer uns gab es keine Kundschaft. Das war früher anders gewesen. Der Laden war immer voll. An der Wand hing noch der alte Motorsport-Kalender und eine museumsreife Bierwerbung. Verblichen, vergessen.

„Ob es damals auch schon so trostlos ausgesehen hat", fragte Lena, immer noch flüsternd.

„Weiß nicht." Ich zuckte mit den Schultern. Wir hatten nur Blicke für uns gehabt. Und uns immerzu berührt, mit der Hüfte, den Beinen. Küsse ohne Unterlass. Wo Herz dem Herzen sich weiht, ist Leib dem Leibe nicht weit, reimte Stanislaw Jerzy Lec. Aber den kannte ich damals noch nicht. Vermutlich waren wir den anderen Gästen an den Stehtischen ein Ärgernis gewesen.

Draußen vor der Tür küssten wir uns. So wie früher. Im Winter hatte sich oft die Frage gestellt: Wohin jetzt? Auf mein Zwölf-Quadratmeter-Zimmer durfte ich niemand mitnehmen. Verboten. Das hatte ich beim Einzug unterschreiben müssen. Ich war noch keine 18. Von dem Vermieter ist mir in Erinnerung, dass er mich mit misstrauischem Blick musterte und zugleich ein gönnerhaftes Grinsen fabrizierte. Das fand ich schon etwas bizarr.

Lena lebte noch bei ihren Eltern, da ging auch nichts. Wenn wir Arm in Arm gegen Wind und Regen schritten (in der Erinnerung herrschten immer nur Wind und Regen), schwor ich jedes Mal, mir umgehend eine andere Bude zu suchen. Lena träumte von gemeinsamen Ferien.

„Du hast oft ein tolles Lied gesummt, das war unser Song", sagte Lena.

„Wirklich?"

„Ja, von diesem Dicken, von Meat Loaf."

Ich erinnerte mich. „Stimmt. „All revved up with no place to go". Aber manchmal haben wir doch ein Plätzchen für uns gefunden. Hauseingänge, fremde Keller, Treppenhäuser ..."

„Hör auf, Liebling", protestierte Lena, „ich kann dieser Zeit nichts mehr abgewinnen. Ich habe mich oft wie ein Fakir auf dem Kaktus gefühlt. Lass uns nach Hause gehen, da machen wir's uns schön."

10. Unter einer Decke

Wir hatten auch schon harmonischer gefrühstückt als an diesem Samstagmorgen. Ich schielte zum Sportteil der Zeitung, der vor mir auf der Bettdecke lag, traute mich aber nicht zu lesen. Lena war geladen, und ich wusste nicht warum, da hieß es achtgeben. Es war, als steckte sie noch im Stau ihrer Empfindungen.

Endlich, nachdem sie sich noch einmal Kaffee nachgeschüttet hatte, ließ sie es raus: „Das vierte Gebot einer guten Ehe lautet", sagte sie, „der Mann sollte länger als zwei Minuten lieben können."

„Ja?", fragte ich.

„Das schaffst du meistens", stellte sie in unheilvoller Sachlichkeit fest, „aber beim fünften Gebot bist du ein Vollversager, auch diese Nacht wieder."

„Wie geht denn das fünfte Gebot?", erkundigte ich mich stirnrunzelnd.

„Du sollst nicht schnarchen!" Das kam wie ein Pfeil. Halb erstickte Wut, geboren und groß geworden in langer Schlaflosigkeit.

Nur dass ich mich nicht wirklich getroffen fühlte, höchstens gestreift. Ich hielt es mit Alfred Döblin und seinem elften Gebot: „Lass dir nicht verblüffen!"

Sollte ich entgegnen, dass ich in den frühen Morgenstunden einige Zeit wachgelegen hatte, weil sie, Lena, allerliebst vor sich hin schnarchte. Wenn auch nicht laut, das musste ich zugeben. Lena wusste nicht von ihrem Schnarchen und würde es mir auch nicht glauben. Ohnehin klänge es wie eine Retourkutsche.

Stattdessen sagte ich: „Weißt du noch, Liebling, wie wir über diese Verse gelacht haben: Würd' mit dir in deinem Bettchen schlafen und unter einer Decke schnarchen – damals, als wir noch jung und verknallt waren. Hat sich daran was geändert?"

Sehr zufrieden mit meiner Erwiderung griff ich nach dem Sportteil.

„Ja, es hat sich was geändert", kartete Lena unerbittlich nach. „Damals hast du nicht geschnarcht."

11. Wow vom Bau

Der Unterschied zwischen Lena und mir ist der: Sie macht keine Komplimente (jedenfalls nicht, dass ich wüsste), aber sie erwartet welche. Ich mache meinerseits auch kaum Komplimente (und wenn, dann so ungelenk, dass sie nicht der Rede wert waren), ich erwarte aber auch keine. Komplimente sind was für Charmeure und solche, die was zu vertuschen haben. Geradeheraus-Typen wie ich haben das nicht nötig.

Doch eines Morgens, als ich Lena beim Ankleiden beobachtete, wie sie ihre üppig gewordene Oberweite einem sagenhaft schönen, halb durchsichtigen BH anvertraute, entfuhr mir spontan ein „Wow!"

„Was ist?", fragte sie betont ahnungslos.

„Du siehst großartig aus", gab ich zu.

Für einen Moment befürchtete ich, dass sie das Kompliment zurückweisen würde, weil es ja „nur" ihrem Busen galt. In letzter Zeit hatte sie bisweilen die Möglichkeit einer Verkleinerung aufgeworfen, wozu uns allerdings die Mittel fehlten.

Aber nein, es war etwas anderes, das Madame zu bekritteln hatte.

„Dass du das bemerkst", entgegnete sie kühl. „Ich scheine dir ja ansonsten völlig gleichgültig geworden zu sein."

Das war mehr als ungerecht. Widerspruch lag mir auf der Zunge, doch fand ich nicht die richtigen Worte. Später, als wir schweigend frühstückten, sie mit der Zeitung, ich mit meinem Groll, musste ich mir widerstrebend eingestehen, dass in letzter Zeit in der Tat einige Pausen bei unserer ehelichen Routine entstanden waren; ich hatte das als ganz normal empfunden.

„Wann habe ich zuletzt ein Kompliment von dir bekommen?", fragte Lena in die Stille hinein. Als ob es nur darum ginge …

„Ich habe dir eben eins gemacht."

„Das Wow? So was ruft mir jeder Bauarbeiter vom Gerüst hinterher und pfeift noch dazu."

„Ach ja?", staunte ich. „Du kennst Leute!"

Ich überlegte, ob ich sie heute Abend mit einem Blumenstrauß verärgern sollte, so einen von der Tankstelle.

„Schade, dass so selten Frauen auf Baugerüsten arbeiten", sagte ich.

Und als Lena mich fragend ansah: „Vielleicht würde mir dann auch mal jemand hinterherpfeifen."

12. Sieben Jahre

Zwei Menschen sitzen sich beim Essen gegenüber. Das kann so alltäglich sein wie Sex nach 20 Jahren Ehe. Kann aber auch, wie alle Wonnen der Vertrautheit, wunderschön sein. Ich nenne es Liebe. Lena auch.

Nur äußert sich das bei ihr anders.

„Du hast kein Wort zu meinem Zucchini-Auflauf gesagt", bemerkt sie harmlos, aber ich kenne sie gut genug, um zu wissen, dass dies mehr als nur eine harmlose Beschwerde ist.

„War sehr lecker", betone ich.

„Du hast kein Wort über den Rioja verloren, den ich beim Weinhändler ergattert habe. Ein Sonderangebot."

„Er mundet", sage ich etwas gestelzt, um nicht zu sehr zu loben. Lena steht auf spanische Rotweine, weil sie meist weich und vollmundig sind. Mein Geschmack ist das nicht.

„Du hast mir nicht richtig in die Augen geschaut, als wir angestoßen haben", klagt sie.

„Hab ich wohl."

„Nein, du hast schräg geguckt", beharrt sie. „Das bedeutet sieben Wochen schlechten Sex."

„Sieben Jahre", verbessere ich.

„Wenn es dir bei mir nicht mehr schmeckt, kannst du dich ja mittags in eurer Kantine sattessen", schlägt sie bitter vor.

Lena weiß genau, dass wir gar keine Kantine haben. Nur ein Behelfsrestaurant in einem alten Holzhaus gegenüber der Firma. Aber es ist ihr ernst. Ihr Blick ist weich geworden, gleich kommen die Tränen. Wie so oft stehe ich vor dem Problem, mein eigenes Analphabet entziffern zu müssen, das Analphabet der Liebe. Wenn alles gut läuft, meinen wir, die Sache zu beherrschen. Aber wehe, wenn nicht.

Wie aus dem Nichts entsteht eine Kluft: Zucchini ..., meine Güte. Die Augenstellung beim Anstoßen ... Ja, ich war mit den Gedanken woanders. Muss ich mich dafür entschuldigen? „Mein Gott, Lena!", sage ich, was aber nicht zu ihr dringt, obwohl sie mir gegenübersitzt. In Liebe verbunden.

Ich hebe die Flasche. „Möchtest du noch einen Schluck?"

Sie nickt und blickt mich durch den Schleier vor ihren Augen an.

„Lass uns noch mal anstoßen", sage ich, „wäre doch schade um die sieben Jahre!"

Lena hat wie immer ein Taschentuch zur Hand und wischt sich über die Augen.

„Ja", sagt sie, „wäre schade."

❧

13. Tapas im Bett

Nach der Liebe herrscht Stille. Das scheint ebenso naturgesetzlich wie komisch zu sein. Man könnte jetzt auch zu reden anfangen und losquasseln wie aufgedreht. Gilt die Liebe nicht als Energiespender?

Aber nein, Stille.

Besonders Männer neigen zum Wegsacken. Was natürlich total unmännlich ist und obendrein ungalant. Sicher hängt das mit der Entspannung der Nachglut zusammen, dieser plötzlichen kissenweichen Stille, für die Männer empfänglicher sind als Frauen.

Lena würde das so ausdrücken: Männer adaptieren die Stille in dem Sinn, dass sie nach der Liebe schläfrig werden. Liebe macht Frauen schön, Männer macht sie müde.

„Schläfst du schon?", fragte Lena nach einer Weile.

„I wo", sagte ich mit vorgetäuschter Munterkeit, „ich denke nach."

„Wirklich?"

„Wirklich. Ich denke über das Einschlafen nach."

„Geben Sie es zu, mein Herr", sprach Lena in tiefergelegtem Obrigkeitston, „Sie sind eingeschlafen!"

„Bestimmt nicht. Ich habe nachgedacht, ob es vielleicht besser wäre, nicht einzuschlafen, damit ich mir keinen Vorwurf anhören muss, ich sei eingeschlafen."

„Gut so", sagte Lena, „dann bist du ja noch wach genug für etwas ganz Obszönes! Und danach wird gekuschelt ..."

Sprach's und verschwand. Ich fragte mich, ob die Reihenfolge von obszön und kuscheln einen Sinn ergab, beschloss aber, das Recht zu haben, nicht weiter nachzugrübeln und endlich in den Schlaf zu sinken.

Lena kam mit einem Klapptischlein, das sie quer aufs Bett pfropfte, sie zauberte ein paar Schälchen Tapas herbei und öffnete eine Flasche Wein. An Schlaf war nicht zu denken, ich ergab mich ins Wachsein.

„Haben wir es nicht schön?", freute sie sich, als sie neben mir saß und mir spanische Leckereien in den Mund schob. „Gut, dass du nicht eingeschlafen bist, Liebling."

る

14. Auf der Matte

Sonntag war wieder Yoga-Tag. Lena auf der Matte. Übung folgte auf Übung, Dehnung auf Dehnung, dabei null Action, alles wie in Zeitlupe. Irgendwas daran muss tatsächlich anstrengend sein. Wie verschwitzt sie war. So wie Lena jetzt sah ich nach 90 Minuten aus, als ich noch richtig Fußball spielte; und das ist immerhin Sport.

„Ich glaube", sagte ich, als sie sich an mich lehnte, dabei ein Bein in einwandfreier Streckung angewinkelt hinterm Po, „dass du süchtig bist nach diesen Verrenkungen."

„Papperlapapp", sagte sie. „Würdest du mir bitte einen schönen Latte Macchiato bereiten?"

„Im Ernst, Lena, ich vermute, du ziehst auch noch ein Bein hoch, wenn du an der Käsetheke im Supermarkt warten musst. Wie heißt denn deine bevorzugte Bürostellung: Die ruhige Mittagspause oder Der kläffende Chef?"

„Red' keinen Stuss, Mann", sagte Lena desinteressiert und legte sich ein flauschiges Handtuch über die Schultern, auch das so akkurat, wie man es in Illustrierten sieht. „Wenn man keine Ahnung von Asanas hat, sollte man schweigen. Aber du kannst gerne mitmachen, so steif, wie du geworden bist. Ich zeige dir die passenden Übungen. Schildkröte und Kuhgesicht würden dir guttun."

Natürlich hätte ich darauf gern etwas Pfiffiges entgegnet, doch schnell hatte ich den richtigen Zeitpunkt verpasst. Schlagfertigkeit verträgt kein Nachdenken. Ich machte mich an der Kaffeemaschine zu schaffen.

„Wenn ich mir noch mal einen Mann aussuchen könnte", meinte Lena, sich aus ihrem Yogadress windend, würde ich mich nicht mehr auf vage Indikatoren wie blaue Augen und lockiges Haar verlassen. Ich würde alles genau checken ..."

„... damit du nicht wieder auf einen wie mich hereinfällst", ergänzte ich.

„Ganz recht. Die Kandidaten müssten Fotos von ihren Frühstücksgewohnheiten posten und von ihren Sixpacks natürlich auch. Und ob sie über ein nennenswertes Auto verfügen, müsste auch vorher geklärt sein."

„Mit anderen Worten", sagte ich, „bei deinem nächsten Mann willst du deine romantische Ader so richtig rauslassen. Vielleicht findest du ja einen, der mit dir den Schmetterling macht. Ist das nicht auch so eine, wie sagst du – Asana. Stell ich mir cool vor."

„Ich gehe jetzt duschen", kündigte sie an.

„Und ich hätte nicht übel Lust auf einen Frühschoppen", sagte ich.

„Wie bitte?"

„Frühschoppen. Ich fürchte, das Wort kennt man beim Yoga nicht. Mein Vater hat immer gern einen Frühschoppen gemacht. War seine größte Freude am Sonntagmorgen."

15. Kein Entrinnen

Eine seltsame Stimmung lag an diesem Abend zwischen uns. Ich hatte keine Lust auf Abendbrot, mich dürstete nach Bewegung, nach Joggen in der Dämme-

rung oder wenigstens nach einem Spaziergang. Eher lustlos willigte Lena in den Spaziergang ein und zog sich eine viel zu warme Jacke über.

In die Augen sah sie mir nicht.

Draußen blickte der dunkelnde Himmel schweigend auf das bald stramm und wortlos marschierende Paar. Alle Geräusche, selbst die Autobahn mit ihrem fernen Tinnitus, klangen wie auf dem Rückzug in die Nacht. Abendstille als Leid(t)motiv. Ich erging mich in der Phantasie, ein Insekt zu sein, das gefangen im Spinnennetz in der sanften Brise schaukelte. Ich drückte aufs Tempo.

Lena hakte sich unter, was sie selten macht. Wir hatten uns, jeder für sich, in das Wollknäuel unserer Gedanken verwickelt.

Da klang aus der Distanz das Läuten einer einzelnen Kirchenglocke übers freie Feld. Ungewöhnlich um diese Zeit, dachte ich, aber doch von berührender Schönheit.

„Hörst du?", sagte Lena.

So nichtig die Frage war, spürte ich doch die Erleichterung, dass sie die Gelegenheit zu einem Wort ergriffen hatte. Wir blieben stehen und lauschten. Wir fragten uns nicht, was der Anlass für das Läuten sein mochte, wir waren einfach nur froh über den fernen Klang.

Als wir uns endlich in die Arme nahmen und inniglich küssten, kam mir beiläufig noch einmal das Bild vom Insekt in den Sinn. Natürlich baumelte auch ich in einem Netz, kein Entrinnen!

Unangenehm war der Gedanke nicht.

16. Heute im Unterhemd

Das Glück des Abends entscheidet sich in dem Moment, in dem man zur Tür hereinkommt. „Hallo, Liebling!", rief ich munter.

„Hallo", kam es beiläufig aus mittlerer Distanz zurück. Also saß Lena vor dem PC. Keine Begrüßung, kein Kuss. Für mich war der Fall klar: Sie war in ein Spiel vertieft.

Wie so oft in dieser Farce von einem Winter, wie sie bei uns allmählich üblich werden, war es viel zu warm. Auch ohne Heizung. Ich entkleidete mich bis aufs Unterhemd und schob zwei Pizzas in den Ofen. Dann öffnete ich eine Flasche Wein und deckte den Tisch. Vielleicht schepperte ich etwas über Gebühr mit dem Besteck, aber es wurmte mich doch rechtschaffen, dass meine Frau sich noch immer nicht blicken ließ.

„Was veranstaltest du hier eigentlich?", höre ich Lena empört fragen. Plötzlich stand sie im Türrahmen.

„Ich bereite das Abendessen, wie du siehst."

„Deshalb der Tumult!" Ihre Miene wechselte von Befremden auf Spott. „Was gibt's denn Feines?"

„Pizza."

„Ah, passend dazu tritt der Herr heute im Unterhemd auf."

„Das ist ja wohl leichter zu tolerieren", entgegnete ich, „als sich stundenlang hinter einem sturzdoofen Bildschirmspiel zu verschanzen."

„Das ist mein Lieblingsspiel, Schatz", sagte sie ungerührt. „Es besteht aus deiner Steuererklärung, deiner Werkstattrechnung, deiner jüngsten Geschwindigkeitsüberschreitung und einer ominösen Bestellung bei Amazon, die auch nur von dir stammen kann." Und schwupp war sie wieder durch die Tür.

Das Glück, dachte ich, als ich mich an den Tisch setzte, besteht aus einer einsamen Pizza, einem guten Schluck Wein und einer Frau, die sich auf Steuererklärungen versteht.

&

17. Know-how

Für meinen Vater hatte das Wort Know-how noch einen magischen Klang. Damals in den Sechzigern war es frischer Sprachimport und zeugte von Modernität und Kompetenz. Wer Know-how hatte, konnte nichts falsch machen. Als Lena und ich spätabends im Bett lagen, waren wir uns im Klaren, dass es uns entschieden an Know-how mangelte.

Wir hatten einen ganzen Tag lang Türen aus- und wieder eingebaut, hatten Holzdielen verlegt, gemessen, gesägt, geschuftet. Und Irrtümer, ja, die hatte es auch gegeben. Reichlich.

„Learning by doing", stöhnte Lena und hielt sich ihr vom vielen Sägen überdehntes Handgelenk. Learning by doing, das war Know-how für Anfänger. Ich spürte Muskeln, von deren Existenz ich bis dahin nichts gewusst hatte.

„Fachwissen ist eben durch nichts zu ersetzen", bemerkte ich fachmännisch. Aber da ich in Sachen Do-it-yourself alles andere als ein Fachmann war, versetzte ich das zarte Pflänzchen meiner Erkenntnis sogleich auf eine höhere Ebene. „Ich wundere mich immer, wie Politiker mal eben in ein völlig fremdes Ministerium wechseln können, obwohl sie in keiner Hinsicht vom Fach sind."

„Das nennt man Inkompetenzkompensationskompetenz", wusste Lena.

„Ach ja?", machte ich.

„Du musst dein Unwissen einfach so kompensieren, dass es wie Kompetenz wirkt", sagte Lena mit einem Grinsen. „Politiker können das."

Ich kam mit dem Wortungetüm noch nicht klar: „Inkompetenz ..."

„...kompensationskompetenz. Tolles Wort. Der Münstersche Philosoph Odo Marquard hat es geprägt. Ich glaube, die meisten Politiker wissen gar nicht, dass es das ist, was sie zu höheren Aufgaben befähigt. Jedenfalls würden sie es nicht zugeben."

Während ich noch darüber nachdachte und auch darüber, woher Lena das alles wusste, fragte sie unvermittelt: „Ob ich wohl eine gute Mutter sein werde? Ich meine, Elternkompetenz und alles, muss man das nicht erst lernen?"

„Das ergibt sich", behauptete ich einfach mal ganz ungeschützt.

„Hoffentlich. Aber vorher musst du", sagte sie und schmiegte sich, ihres überdehnten Handgelenks nicht achtend, eng an mich, „noch ganz viel Kompetenz beweisen."

„Ja", stimmte ich zu, „Situationen gibt es, da gibt's nichts zu kompensieren."

„Ich sehe, du hast verstanden", sagte Lena. „Nur zu, mein Schatz! Das nötige Know-how haben wir. Und der Zeitpunkt ist ideal."

18. Beinahe überirdisch

Eigentlich habe ich mit Aliens und anderen extraterrestrischen Eventualitäten nicht viel im Sinn. Nicht mal E. T. konnte mich nachhaltig berühren. Neuerdings lese ich allerdings immer öfter, dass sich Astronomen und Physiker ernsthaft mit der Existenz einer zweiten Erde beschäftigen, womöglich sogar mit einer Erde, die mit unserer identisch ist und irgendwo durch die Sphären einer Parallelwelt saust.

Ich gebe zu: Das war eine Vorstellung, die mich überforderte. Wie sollte das funktionieren, ein Universum, das sich selbst kopierte? War es spiegelbildlich? Gab es Lena und mich noch einmal, vereint in derselben oder einer seitenverkehrten Liebe? Und stritten wir uns auch in der anderen Welt wie in dieser, nur irgendwie andersrum? Gehorchte das alles einem Masterplan, oder war auch das nur gewürfelt?

Lena stand in der Küche, schälte Zwiebeln und ahnte nichts von dem wirren Zeugs, das mir durch den Kopf rauschte. Gefangen in ihrer kleinen Welt, dachte ich.

„Was würdest du tun, Liebling", fragte ich, „wenn du plötzlich einem Außerirdischen gegenüberstündest?"

„Du stellst Fragen!" Sie schüttelte den Kopf. Ihre Augen standen ziemlich unter Wasser.

„Würdest du ihn freundlich begrüßen? Oder davonlaufen? Ihm eine Tasse Kaffee anbieten? Die Feuerwehr rufen? Ich meine, es gibt so viel Science-Fiction-Gedöns, aber wir sind auf nichts vorbereitet."

Lena blickte mich mit ihren feuchten Augen an, als ob sie mich gerade ganz doll lieb hätte, aber das sah wohl nur so aus.

„Eins weiß ich gewiss", sagte sie. „Wenn dein Außerirdischer weiblich wäre und gewisse Signale aussenden würde, wärst du sofort zu allem bereit. Ihr Männer seid doch alle gleich."

Ach, Lena! Da schweiften meine Gedanken in die Weiten eines zweiten Universums, und sie brach meinen Höhenflug unter dem Schälen einer Zwiebel auf das irdische Problem männlicher Verführbarkeit herunter. Schönen Dank auch.

„Im Ernst, Liebling", versuchte ich es noch einmal, „wir planen Touristen-Trips zum Mond, planen die Besiedlung des Mars, senden Signale in den Weltraum, auf denen sich die Menschheit von ihrer besten Seite zeigt, aber wenn es wirklich zu einer Begegnung käme, was wäre dann? Würden alle in Panik davonlaufen? Würden Drohnen und Kanonen in Stellung gebracht?"

„Klar", sagte Lena nüchtern. „Was denkst du denn? Ich stelle mir oft vor, meine Eltern würden die heutige Zeit erleben. Sie würden nicht nur fremdeln, sie hätten regelrecht Angst. Es hat sich so viel verändert im Vergleich zu unserer Kindheit. Manchmal habe ich Verständnis für Leute, die sich nach einer goldenen Vergangenheit sehnen, ob sie nun wirklich golden war oder einfach nur eng und grau."

Während Lena mir die Schüssel mit den Kartoffeln zuschob, mit der unausgesprochenen Aufforderung, ich möge nun meinerseits auch etwas zum Essen beitragen, schweiften meine Gedanken in die Kindheit zurück, in eine Zeit, die mir von festerer Substanz als die heutige gewesen zu sein schien und von regelmäßigeren Abläufen.

Mein Vater schwärmte zu Lebzeiten immer von seinen Brieftauben, um die er sich Tag für Tag kümmerte,

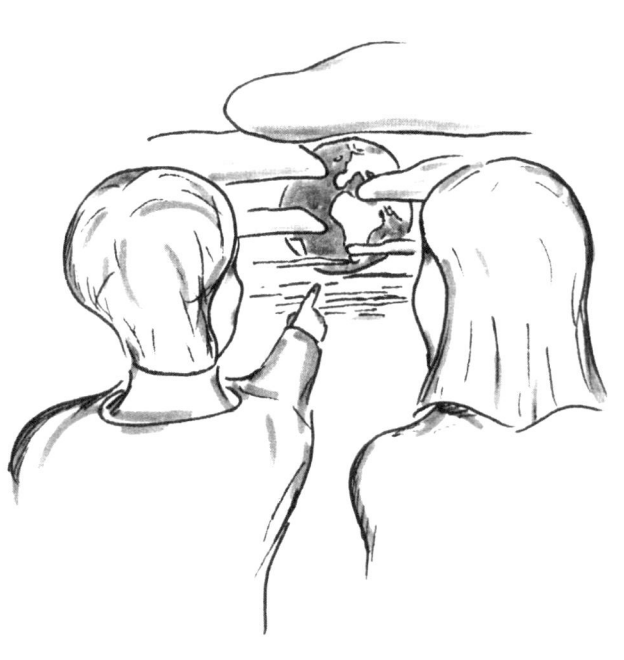

stundenlang. Ich hörte die Kirchenglocken sonntagsmorgens weithin über unser Viertel läuten, aber bald hatte es deswegen Ärger gegeben, und das Geläut war leiser und seltener geworden. Mein Vater erzählte von dem unvorstellbaren Ereignis, dass ein Zirkus in großer Parade über die Hauptstraße gezogen kam und Menschenmassen auf dem Bürgersteig staunten, wie Elefanten und Afrikaner, die man noch Neger nennen durfte, an ihnen vorbeidefilierten. Die Afrikaner und ein Mann auf Stelzen verteilten Freikarten unter den Kindern.

Eigentlich ein genialer Werbeschachzug, dachte ich. Aber erst Jahre später.

Und jetzt war uns die Erde nicht mehr groß genug und das Universum nur eine Möglichkeit von vielen. Ich blickte zu Lena an meiner Seite, wie sie mit einer kritischen Falte auf der Stirn das Rezept studierte, das sie fürs Abendessen benötigte. Wie sie so dastand, immer noch leise schniefend und mit geröteten Augen, fand ich sie plötzlich unglaublich schön – beinahe überirdisch.

Vielleicht sollte ich ihr das einmal sagen.

19. Auf dem Sofa

Kann es nicht immer so schön sein!", seufzte Lena an meiner Brust. Wir waren, auf dem Sofa liegend, in eine etwas verquere Lage geraten, die ich für meinen Teil gar nicht so schön fand. Aber was sollte ich tun? Lenas Worte waren wie eine Verpflichtung. Ich traute mich nicht, daran zu rütteln.

Außerdem: Ein Mann muss leiden können. Ist doch kein Ding für'n King.

„Wir haben uns schon zwei Wochen und vier Tage nicht mehr gestritten", stellte Lena fest.

Das hatte ich zwar meinerseits nicht so genau nachgehalten, aber jetzt, da sie's sagte, hatte ich erst recht das Gefühl, mit jeder Lageveränderung den zweiwochenundviertägigen Frieden aufzukündigen.

„Ich hätte nie geglaubt, dass zwei Menschen derart zusammenwachsen können", staunte Lena im bequemen Tiefgeschoss unserer gemeinsamen Stellung und streichelte meinen Bauch. Ich nahm das zum Vorwand für eine vorsichtige Lageveränderung, nur um feststellen zu müssen, dass ich mich eher noch verschlechtert hatte.

„Ist die Liebe nicht das Höchste?", fragte Lena, um sich die Antwort selbst zu geben: „Alles Geld der Welt kann so ein Glück nicht aufwiegen. Aber weißt du was, Liebling ...", und ihr Ton versachlichte sich abrupt, während sie sich gleichzeitig aufrichtete, „das wird mir hier langsam unbequem auf dem Sofa." Und weg war sie.

Ich atmete auf. Das wirklich wahre Glück, dachte ich, ist ein Sofa für mich allein.

❧

20. Der Kontoauszug

Wenn ich nach Hause komme und Lena ist vor mir da, freue ich mich gewöhnlich. Diesmal aber fuchtelte sie mit einem amtlich aussehenden Briefkuvert. Auf meinen fragenden Blick hin rief sie: „Hast du deine Kontoauszüge gesehen?"

„Nein", sagte ich, „du aber offenbar schon."

„In der Tat", bestätigte sie mit größter Selbstverständlichkeit, „und ich wundere mich, wofür du so viel Geld ausgibst. Da tauchen Posten und Summen auf, also, ich bin sprachlos. Hast du eine Geliebte?"

Bevor ich auch nur ansatzweise Stellung nehmen konnte, fuhr sie fort: „Ich warne dich, Kerl! Sollte ich je einer Rechnung von einer Hotel-Bar und eines anderen Etablissements habhaft werden, dann ..."

„Keine Sorge, Schatz", sagte ich, „meine Geliebte steht auf Currywurst."

„Sehr witzig", entgegnete sie. „Ich spare hier am Nötigsten, und du lebst wie Gott in Frankreich."

„Wolltest du nicht sowieso abnehmen?", warf ich gelassen ein. Zwar fragte ich mich, was auf meinem Konto so ungewöhnlich sein konnte, außer dass ich mir eine neue Aktentasche gekauft hatte, ach ja, und ein praktisches Reisenecessaire für Lena. Aber preislich war weder das eine noch das andere aus dem Rahmen gefallen. Mein Gewissen war rein.

„Vorhin haben sie im Radio Betty LaVette gespielt", in einem ihrer plötzlichen Themenwechsel, „We Don't Make It Through The Winter. Das Lied kennst du auch."

Der Rauch war verflogen. Auf einmal wirkte sie unsicher und verloren. Was für ein Kummergesicht! Sie machte sich echt Sorgen. Ich ging zu ihr und drückte sie fest in die Arme.

„Aber bis Weihnachten", sagte ich, „schaffen wir es schon noch, oder?"

❧

21. Kein Spaß

Auch im Urlaub und in einer fremden Kleinstadt bleibt das Parkhaus die erste Anfahrstation. Lena saß am Steuer, und wer jetzt meint, das liefe auf eine Schmonzette hinaus, bei der Frauen schlecht einparken, irrt. Lena parkte perfekt und wusste auch sonst, was sie wollte.

Mir fiel als erstes ein malerisches Pub auf, das ich hier, in der jütländischen Walachei, nicht erwartet hätte. Mein folgerichtiger Vorschlag – „Hast du nicht auch Lust auf ein schönes Bier?" – wurde kühl abgewiesen.

Stattdessen strebte Lena forschen Schrittes und mit dem Gespür einer gelernten Pfadfinderin einer Gegend entgegen, die man Altstadt nennen könnte. Doch war, was ich durchaus als störend empfand, jedes der hübschen Häuschen durch die Einrichtung einer Modeboutique im Parterre verschandelt. Lena irritierte das nicht im Geringsten. Sie stürzte sich auf die Klamotten wie ein Spatz in die Pfütze.

Die Sache zog sich hin. Ich verhielt mich so neutral wie möglich und zählte im Stillen auf einen gemeinsamen Pub-Besuch als Lohn der Mühen.

Leider wurde Lena nirgends fündig. Ihre Laune umwölkte sich wie das Wetter draußen. Gleich würde es zu regnen beginnen. Sie sagte: „Du mit deiner Art kannst einem den Urlaub aber auch total vermiesen."

Wir gingen zurück zum Parkhaus. Als wir am Pub vorbeikamen, schaute ich gar nicht hin.

❧

22. Tage des Glücks

Nach dem Essen setzten wir uns an den Kamin. Das Feuer züngelte, der Scotch, den wir uns zu Weihnachten geleistet hatten, funkelte bernsteinfarben im Glas. Alles wie es sein sollte. Alles wie man es zuweilen in Lenas Illustrierten sah.

Trotzdem lag heute Abend eine Restkälte in der Luft. Als ob wir was vom Spaziergang mit hereingebracht hätten, was nicht verschwinden wollte. Es bedarf nicht viel, um selig zu sein. Wir hatten von perfekter Harmonie gekostet und still genossen in den vergangenen Tagen, und heute lagen wir einen befremdlichen Tick unter der Gewissheit, dass alles in traumhafter Ordnung sei. „Die goldenen Saiten der Harmonie", um es mit Schiller zu sagen, spielten heute nicht.

„Wir sollten uns eine Einfassung für den Kamin zulegen", meinte Lena in das Schweigen hinein. „Dadurch sparen wir eine Menge Energie."

„Ja", nickte ich.

„Ist aber teuer", sagte sie.

„Vielleicht ist es auch schöner so ...", gab ich zu bedenken. Ich beließ die Dinge gern so, wie sie waren. Lena war anders.

Es war dies der letzte Tag unseres Weihnachtsurlaubs. Wer immer behauptet hat, danach schmecke die Arbeit besonders gut, muss ein Agent der Zerstörung gewesen sein.

„Schade, dass die ruhigen Tage vorbei sind." Lena nahm meine Hand. „Morgen früh stehen wir wieder um sechs Uhr auf."

„Wir rückten nah aneinander.

Mir ging der Film Der ‚Mann der Friseuse' durch den Kopf. Wir hatten ihn erst kürzlich auf Video gesehen. Die Friseuse verschwindet, als das Glück am größten und für sie gar nicht mehr erträglich ist.

Ich sah Lena von der Seite an. Nein, sie würde nicht verschwinden. Ich auch nicht. Aber zum Glück, das verstand ich in diesem Moment, gehört ganz viel Muße. Sonst bleibt es nicht mehr als eine Andeutung, ein Versprechen, das wiederum nur durch Muße einzulösen ist.

Wir blieben noch lange beim Feuer sitzen.

23. Pfiff in der Nacht

Der Pfiff weckte mich nachts um zwei. Ein Pfiff? Verschlafen wie ich war fiel mir doch ein, dass sich Lena für ihre SMS-Mitteilungen eben diesen Pfiff aufs Smartphone geladen hatte. Er klang wie das Pfeifen eines Maurers, wenn er eines hübschen Mädchens ansichtig wird. Ich drehte mich im Bett zu ihr um, doch schien sie fest zu schlafen.

Gegen fünf kam der nächste Pfiff. Erneut keine Reaktion bei meiner schlafenden Unschuld.

Kann man mir verübeln, dass ich beim Frühstück Aufklärung über die nächtliche Pfeiferei erwartete?

„Mir war, als hätte ich heute Nacht dein Handy gehört", sagte ich so neutral wie möglich. So ein Fall wollte behutsam angeschoben sein.

„Ach, ja", staunte Lena. „Wann war das denn?"

„Nachts um zwei", informierte ich und fügte an: „Wird

ja wohl kaum eine Tarif-Info der Telekom gewesen sein."

„Das sehe ich auch so, mein Schatz", sagte Lena bestens gelaunt und schnitt noch ein paar Aprikosen-Stückchen über ihr Müsli.

„Und?", fragte ich.

„Und was?", fragte sie.

„Wer schickt dir mitten in der Nacht eine SMS nach der anderen?"

„Ach, jetzt sind es schon mehrere ..."

„Zwei. Schau doch nach."

Lena blickte von ihrem sagenhaft gesunden Brei auf und mir direkt in die Augen. „Könntest du vielleicht akzeptieren", sagte sie, „dass meine SMS einfach nur meine SMS sind, egal wann sie eintreffen?"

24. „Du bist ein Held"

„Schatz, Liebling", rief Lena, was in dieser geballten Form selten etwas Gutes verheißt. „Reparier doch bitte den Deckenstrahler über der Treppe, ja? Sei so gut."

„Sobald ich Zeit habe, mein Engel", beruhigte ich meine aufgeregte Frau.

Ich gehöre nicht zu den Männern, die einem vermeintlichen Urtrieb folgen und in schweigsam stolzem Bastlertrieb sämtliche Handwerkereien im Hause erledigen. Im Gegenteil, meistens ist Lena diejenige, die mit Bohrmaschine oder Akku-Schraubenzieher fuhrwerkt, als hätte sie's gelernt.

„Nein, bitte jetzt", beharrte sie.

Der Deckenstrahler hing verflixt weit oben, an schwer erreichbarer Stelle. Wie war er da überhaupt hingekommen? „Aber den brauchen wir doch gar nicht", gab ich zu bedenken. Vergebens.

„Ich brauche das Licht", sagte Lena in einem Ton, der einem Aufstampfen ähnelte. „Heute noch."

Mit der Bemerkung „Ich hasse Deckenstrahler!" ruckte ich die Leiter zurecht. Gerade wollte ich darauf hinweisen, in letzter Zeit von Schwindelgefühlen heimgesucht zu werden, als Lena einen Schrei ausstieß. Eine Spinne, dick wie eine Babyfaust, hatte offenbar eine gute Zeit auf der Leiter verbracht und fühlte sich nun derart gestört, dass sie zu einer missgelaunten Wanderung ansetzte.

Ich nahm das Tier behutsam in die Hand und trug es hinaus.

„Du bist mein Held, Schatz", rief Lena, „und jetzt ab auf die Leiter, das ist doch ein Klacks für dich!"

❧

25. Jugend verweht

Endlich ein richtig warmer Sommerabend! Physiker haben Gottesteilchen gesichtet, Astronomen Dunkle Materie beobachtet. Die Welt wird immer absonderlicher, doch im Garten hüpfen die Meisen auf der Pergola.

Lena beobachtet sie mit den Augen eines Kindes. Ich stehe hinter ihr und frage mich, ob es für eine Frau in ihrem Alter ratsam sei, das Haar immer noch so lang zu tragen, wie zur Zeit unserer ersten Verliebtheit. Viele Frauen bleiben ihrer Frisur eisern treu und merken

nicht, wenn's nicht mehr passt. Passte es bei Lena noch?

„Schau nur, Schatz", ruft sie, „die Tauben! Sie küssen sich schon die ganze Zeit."

„Schnäbeln, sagt man", korrigiere ich. „Tauben schnäbeln."

„So?" Irritiert blickt Lena über die Schulter. Sie lässt sich ungern belehren.

„Wie er sie bedrängt!" Sie weist auf den alten Ahorn. „Der kann ja gar nicht mehr von ihr ablassen."

Ich denke, wenn sie so an ihrer Jugend festhält, werden die Schönheitscremes mit der Zeit immer aufwändiger. Eines Tages fängt sie mit Botox an ...

„Legen Tauben denn jetzt noch Eier?", will sie wissen.

„Ein zweites Gelege", antworte ich fachmännisch, „ja, das ist bei Tauben durchaus üblich."

„Ein Wüstling, dieser Tauberich", stellt Lena bewundernd fest und dreht sich zu mir um: „Interessiert dich gar nicht, was?"

❧

26. Kleine Spiele

Ich bin Lassie", begann Lena.

„Ich bin Balu, der Bär", konterte ich.

„Ich bin Audrey Hepburn."

„Dann bin ich Cary Grant, nein, lieber doch Gary Cooper."

„Ich bin Lady Gaga."

„Und ich Justin Timberlake."

Lena und ich saßen, Glas Rotwein in der Hand, auf

unserer handtuchgroßen Terrasse und genossen den Abend. Wir spielten unser Rollenspiel, das sich manchmal durch alte Zeiten wühlte und manchmal ganz im Hier und Heute tobte. Wer zu lange brauchte, bis ihm was Passendes einfiel, hatte verloren. Manchmal stellte ich mir vor, wir hätten ein Kind und könnten mit ihm spielen. Die Personen wären dann sicher andere.

„Ich bin die böse Königin", sagte Lena, wie wenn sie meine Gedanken erraten hätte.

„Und ich das schöne Schneewittchen, das doof genug ist, in den Apfel zu beißen", erwiderte ich.

„Ich bin Marilyn", hauchte Lena, so wie damals die Monroe, als sie Happy Birthday, Mr. President sang.

Sollte ich mit John F. oder lieber mit Robert Kennedy kontern? „Ich bin Arthur Miller", fiel mir gerade rechtzeitig ein.

„Ich bin Lena", sagte Lena und hockte sich rittlings auf meine Schenkel.

„Und ich bin der, von dem alle gern wüssten, wie er heißt."

„Du heißt Schatz", lachte Lena, „das muss reichen."

❧

27. Lena am Abend

Zugegeben, ich war ganz schön angezickt, als ich nach Hause kam. Lena spürte das sofort. „Was ist los, Liebling?", fragte sie mit sorgenvollem Blick. „Gab's Ärger? Bist du entlassen worden?"

„Ach was", wiegelte ich ab und schleuderte meine Tasche in die Ecke. Das hatte ich zuletzt als Jugendlicher gemacht, wenn ich durch Aggressivität davon ablenken wollte, dass ich eine Klassenarbeit verbockt hatte.

Was sollte ich auch sagen? Eine Kollegin hatte mich mit ihrer inkompetenten, aber neunmalklug selbstbewussten Art vor aller Augen und Ohren zum Gespött gemacht. Ein erhoffter Auftrag hatte sich mir nichts, dir nichts zerschlagen. Und dann war mir auch noch eine Kaffeetasse slapstickreif vom Tablett gerutscht.

Es war einer von den Tagen, bei denen ich das Gefühl hatte, auf einer Bühne zu stehen, aber meine Rolle nicht zu kennen; an denen man hofft, dass dem Irrtum vielleicht ein Fehler unterläuft, damit alles wieder gut wird. Minus mal Minus ergibt doch auch Plus.

„Möchtest du einen Schnaps?" fragte Lena. Nein, wollte ich nicht. „Heute Morgen waren wir so zärtlich", klagte sie. Lena suchte nach dem Faden des Glücks.

„Zwischen Morgen und Abend liegt ein Arbeitstag", erklärte ich pampig. Lena musste lächeln. Redete ich Stuss? Und wenn schon!

„Du weißt, dass ich gleich zum Volleyball muss", sagte sie beschwörend.

Ich hatte nichts dagegen.

„Wenn ich zurückkomme, möchte ich einen Mann vorfinden, mit dem ich lachen kann und der eine Flasche Wein geöffnet hat."

Letzteres konnte ich zusagen. Aber lachen?

„Und wenn ich schon eingeschlafen bin?", warf ich ein.

„Untersteh' dich!"

„Wenn du vom Volleyball zurückkommst, erfahre ich nur wieder brühwarm, wer wohin in den Urlaub fährt, wer mit wem heimlich was hatte, und dass du dir die Knie geprellt hast."

„Wenn ich zurückkomme, Schatz, möchte ich einen Kerl erleben, der seiner Frau beweist, dass er sich nach ihr gesehnt hat. Keine Ausrede!"

Sie ging, ihre Worte blieben. Ich öffnete schon mal den Wein, damit er atmen konnte. Über den Tag und wie er gewesen war, dachte ich nicht länger nach.

❧

28. Liebesgold

Vielleicht darf ich das mal sagen: Die Kunst, in aller Herrgottsfrühe den perfekten Kaffee zu brühen, beherrscht niemand so wie ich. Filterkaffee, versteht sich. Kaffeemaschinen machen schrecklich viel Radau, weswegen wir unsere beizeiten in den Keller verbannt haben. Und Kaffee aus Pads? Also, ehrlich ...

Aber ich wollte was anderes erzählen. Wenn ich also mit meinem perfekt zubereiteten Kaffee ins Schlafzimmer komme, sitzt Lena bereits aufrecht (weil kissengestützt) im Bett und liest die Zeitung.

Ich sehe sofort, ob ihr gefällt, was sie liest. Diesmal gefiel es ihr nicht.

„Hier schreibt einer ...", sie suchte nach der Autorenzeile, fand sie aber nicht, „dass zu einer langlebigen erfüllten Partnerschaft eine gesunde Portion Streit, ein bisschen Unglück und regelmäßiger Ärger über den Partner gehören."

Sie sah auf. Ihr Blick war eine einzige Aufforderung, ich möge doch einen empörten oder wenigstens verblüfften Ausruf tätigen, so in der Art von: „Hat der sie noch alle!?"

Ich sagte aber nur: „Hier kommt dein Kaffee, Liebling."

„Er schreibt auch", fuhr Lena fort, ohne den Kaffee zu beachten, „weniger Sex könne mehr Glück bedeuten als zu viel Sex."

„Hm …", wog ich zweifelnd das Haupt.

„Außerdem sei es wichtig", referierte Lena den unerschöpflichen Artikel, „dass der Mann 1 Meter 90 oder noch größer ist."

Lena blickte von ihrer Zeitung auf. Nein, auf Einsneunzig brachte ich es nicht. Aber wie kommt einer auf so was? Verrückte Ratgeber zu Glück, Sex und erfüllter Partnerschaft gibt fast so viele wie schlechte Diätempfehlungen und langweilige Krimis im Fernsehen.

Aber während ich mir noch den Kopf über die Differenz meiner Ehe mit dem vermeintlichen Ideal des eben Gelesenen zerbrach, nahm Lena endlich einen Schluck meines perfekt zubereiteten Kaffees und kehrte auf den festen Boden unserer Liebe zurück.

„Sag mal, Schatz", begann sie und räkelte sich ein wenig, „hast du es heute eigentlich sehr eilig, in die Firma zu kommen?"

„Du meinst", fragte ich zurück, „wir sollten uns noch ein bisschen streiten?"

„Ja", strahlte sie, „auf die zärtliche Art. Ich glaube, das wäre Gold für unsere Beziehung."

❧

29. Busenverkleinerung

Lenas unvermittelte Attacke traf mich wie ein Tief-schlag: „Du könntest ruhig mehr auf deine Figur achten!"

„Warum?", fragte ich perplex. „Ich trage mein bestes Kampfgewicht." Dass ich den Gürtel neuerdings ein Loch weiter schnallte, sagte ich nicht.

Doch hatte Lena ohnehin nur einen Scheinangriff lanciert. Es ging ihr um Bedeutenderes als um meinen Bauch. Nach kurzem Spott über meine runder gewordenen Hüften, kam sie zur Sache.

„Ich für meinen Teil habe jedenfalls beschlossen abzunehmen", verkündete sie. „Und da wir schon beim Thema sind, müssen wir uns auch ernsthaft über eine Busenverkleinerung unterhalten."

„Mein Busen bedarf keiner Verkleinerung", scherzte ich matt. Denn ich wusste, wenn Lena von Wir-müssen-uns-unterhalten sprach, bedeutete das, in welchem Maß beteiligst du dich an den Kosten?

„Nein!", bekräftigte ich, um das Gespenst zu bannen.

„Was nein?"

Ich sagte: „Dein Busen wird nicht verkleinert, er ist wunderschön. Er passt zu dir, ich möchte dich niemals anders erleben."

„Du willst mich wohl veräppeln", meinte Lena mit wegwerfender Gebärde. Aber einen selbstvergewissernden Blick in den Spiegel warf sie doch. „Meinst du das im Ernst?"

„Und ob!", sagte ich. „Dein Busen bleibt, wie er ist!"

„Darüber ist das letzte Wort noch nicht gesprochen, mein Lieber", entgegnete Lena, „aber es ist interessant, wie leidenschaftlich du argumentieren kannst, wenn es um dein Geld geht."

❧

30. Tage des Zorns

Lena kam strahlender Laune und mit einem Strauß Blumen im Arm nach Hause. Manchmal bekam sie von ihrem Chef Blumen geschenkt, manchmal beglückte sie sich auch selbst. Ich tippte auf Letzteres, überschlug im Geiste ihren Preis und nörgelte: „Musste das sein, Liebling? Überhaupt, warum ziehst du dir nicht die Schuhe an der Tür aus? Ich habe eben erst gesaugt."

Statt zu antworten rief sie: „Schatz, ich bin da! Freust du dich? Wie war dein Tag?"

Ging so. Die Probleme in meiner Firma schlugen mir aufs Gemüt. Wir hatten im Moment kaum was zu tun. Oft saß ich schon mittags zu Hause und spaltete Kleinholz.

„Toller Tag", sagte ich, „ich habe Aldi- mit Lidl-Preisen verglichen und die Grünabfuhr vorbereitet."

„So schlimm wird es nicht gewesen sein", meinte Lena. „Unser Garten ist klein und kein Volkspark. Ich fürchte, du bist schlicht unterfordert. Das macht pingelig. Und grantig. Du kommst mir wie ein Beamter vor, der ständig kleine unwichtige Fehler in Formularen entdeckt."

Und streichelte mir begütigend übers Haar. Als ob ich ein Kind wäre.

„Lass uns was unternehmen", schlug sie vor.

„Wir haben kein Geld", trotzte ich.

„Dann koche ich uns was Leckeres", beschloss sie.

„Meins hat dir wohl gestern nicht geschmeckt", muffelte ich.

Lena baute sich vor mir auf. Gleich würde sie mir sagen, dass sie die Faxen allmählich dicke hätte und sich ein tolles Essen bei unserem besten Italiener leisten würde, und zwar solo ...

Sie sagte: „Ich liebe dich, mein Schatz."

31. Außenwirkung

Unser Abend hatte die besten Aussichten, bis Lena auf ein Thema kam, das für mich ganz im Geheimen von einem klitzekleinen Minderwertigkeitskomplex getrübt war. Ich weiß nicht, wie sie drauf kam, aber plötzlich fragte sie: „Hast du eine Vorstellung, Schatz, wie wir beide als Paar auf andere wirken?"

„Ganz großartig", sagte ich mit einer Spur Sarkasmus in der Stimme, den Lena aber nicht bemerkte oder nicht wahrhaben wollte.

„Ja, nicht?", strahlte sie. „Ich glaube auch, dass man uns bewundert."

Tatsache war, dass man sie bewunderte. Sie war es, die einen tollen Job bei der Europäischen Union hatte und andauernd nach Brüssel oder manchmal sogar nach Straßburg musste. Ich hingegen?

Sie, Lena, war die Frau an der Quelle, sie sprach perfekt Französisch und Englisch – na ja, so wie tausend andere auch Englisch reden, selbstbewusst und auf die deutsche Art.

Wie oft saß ich auf Partys als ihr gutmütiger stummer Begleiter daneben, wenn sie mit ihrem Wissen und ihrer Attraktivität brillierte. Umso überraschter war ich jetzt, als ich gewahrte, dass Lena mit ihren Überlegungen zu unserer Außenwirkung auf ein unvermutetes Gleis geriet.

„Meine Kollegin Ismene behauptete kürzlich", sagte sie, „dass wir auf sie gar nicht wie ein Paar wirkten."

Da haben wir's, dachte ich. Ich bin nur das Anhängsel.

„Sie fand es seltsam", fuhr Lena fort, „dass ich mich in aller Ruhe in dem einen Raum unterhalte, während du im anderen mit dieser ordinären Künstlerschickse geflirtet hättest ..."

Wie bitte?

„Ich habe mit niemandem geflirtet", stellte ich klar, auch wenn mir diese Unterstellung durchaus schmeichelte. „Aber Ismene scheint wohl davon auszugehen, dass Paare grundsätzlich zusammenklumpen und immerzu große Liebe mimen."

„Mimen, soso", meinte Lena. „Sollte ich dich beim Flirten erwischen, Freundchen, noch dazu mit so einer durchtriebenen Person, dann mache ich dir eine Szene, dass die Wände wackeln."

„Lena, was würden die Leute von dir denken?"

„Ist mir egal."

„Na ja", überlegte ich, „vielleicht würden sie denken, dass wir ein besonders leidenschaftliches Paar sind."

❧

32. Schachfiguren

Nicht wahr", sagte Lena, als wir abends beim Wein und einer Partie Schach saßen, die nicht recht vom Fleck kam, „du würdest es doch niemals zulassen, dass wir uns wegen des Geldes ernsthaft in die Haare gerieten?"

„Wovon man nichts hat, davon soll man schweigen", antwortete ich salomonisch. „Aber natürlich hast du recht, Liebling, nichts ist peinlicher als Paare, die sich über ihre Penunzen entzweien."

„Aber das passiert so oft", seufzte Lena und stellte ihren Bauern ins Verderben. „Streit ums Auto, um den Urlaub, ums Haus, ums Verzichten. Die Liebe stirbt für'n Appel und'n Ei."

„Beziehungen sterben, wahre Liebe nicht", korrigierte ich. Himmel war ich heute weise. Als ob ich in ein Fass Sprüche gefallen wäre. Aber ich fühlte mich auf der Siegerstraße, das beflügelt.

„Wahre Liebe hält alles aus", pflichtete Lena mir lächelnd bei. „Sie lässt Blinde wieder sehen, wie bei Charlie Chaplin in Lichter der Großstadt. Sie ist stärker als Gier und faule Romantik."

Zwei Züge noch, dann hätte ich's geschafft. „Du bist ein Schatz", sagte ich.

„Moment!", rief Lena, dabei war sie ohnehin an der Reihe. Und wie sie da ihre Dame aus dem Schlamassel zog, das gefiel mir gar nicht. Sollte sich die Waage doch noch mal zu ihren Gunsten neigen?

Jetzt gilt es, die Nerven im Zaum zu halten, rief ich mich zur Ordnung. Unterm Reden war mir die Kühle des Gedankens abhandengekommen, was mich jetzt doch ein wenig ärgerlich stimmte. Wenn, dann würde sie einen höchst unverdienten Sieg einfahren.

„Gleich sag' ich Schach, dann sag' ich matt – und dann lieben wir uns, mein Schatz. Heute bist du meine Trophäe."

Düster schaute ich aufs Brett und ein wenig gequält auf Lena. Das muss wahre Liebe sein, dachte ich, dass ich jetzt nicht ausflippe.

❧

33. Lenas Glanz

Du siehst blendend aus", sagte ich im Ton eines Charmeurs. Doch Lena, sonst für das kleinste Kompliment empfänglich, schenkte mir nur ein Pflichtlächeln.

„Irgendetwas stimmt heute Abend nicht mit dir", rätselte sie.

Dabei war es im Prinzip ein schöner Abend. Das Restaurant war für meinen Geschmack vielleicht etwas überstylt. Tisch für zwei, Wein für drei, ich würde den Wagen stehen lassen müssen, was ein teures Taxi erforderlich machte.

Ich sah Lena an, blickte an mir hinunter. Natürlich wusste ich, was mit mir los war. Sie der Frühling selbst, atemberaubend dekolletiert, strotzend vor Schönheit. Ich dagegen ein Restposten des Winters. Mein Hemd stammte aus dem vorigen Jahrtausend, Tatsache. Meine Hose war auch nicht viel neuer.

„Ich habe mich heute für dich schick gemacht", sagte Lena, als könnte sie meine Gedanken lesen. „Stört dich das irgendwie?"

„Im Gegenteil", behauptete ich, „ich bin ja schon froh, wenn etwas von deinem Glanz auf mich abfällt. Sonst setzen sie mich am Ende noch als Hausierer vor die Tür."

❧

34. Kriegslust

Heute Nacht", verkündete Lena, „plane ich ein Attentat."

Oh, dachte ich gleich, auf mich?

„Ich werde unserem Nachbarn ein ganzes Fuder Herbstlaub auf den Rasen schütten."

Ach so. Dazu muss man wissen, dass unser Nachbar außerordentlich etepetete mit seinem Rasen tut und jedes Blatt und jede Frucht, die von unserem einsamen Kirschbaum auf sein Grundstück fällt, mit dem Ausdruck äußerster Indignation entfernt.

„Oder wir sägen ihm ein sauberes kleines Loch in seinen Jägerzaun."

Dazu muss man zweitens wissen, dass der Nachbar, als er diesen schrecklichen Zaun errichtete, uns gezwungen hat, unsere geliebten Eiben und Heckenrosen um einen Meter zu versetzen. Rein formal war er im Recht gewesen, aber allein die Art, wie er die Eiben runtermachte („giftig!, eklig!"), hatte uns tief getroffen.

Innerlich stand ich also durchaus auf Lenas Seite, doch fragte ich mich, was dieser Anflug von nachbarschaftlicher Kriegslust bedeutete.

„Was ist los?", fragte Lena, als ich nichts sagte, „ist

dem Herrn mal wieder nicht nach Streichen zumute? Wo ist deine Abenteuerlust geblieben?"

Und als ich immer noch nichts sagte: „Du wirst älter, Schatz."

„Danke, Liebling", sagte ich.

„Auf unserer Hochzeitsreise", sagte sie, während sie mit dem Rücken zu mir das Teewasser aufsetzte, „wolltest du es noch im Flieger treiben."

„Tatsächlich?"

„Weißt du eigentlich, dass wir dann Mitglied im Mile-High-Club geworden wären, der Vereinigung von Menschen, die Sex im Flugzeug haben?"

„Ist das so?"

„Bestimmt hätten sie uns eine dicke Geldstrafe aufgebrummt", seufzte sie.

Oder wir wären, dachte ich, von den Mitreisenden mit Applaus bedacht worden. Touris klatschen doch immer gern im Flugzeug.

❧

35. Remember Donovan

Weithin unterschätzt ist die Erotik der Morgenstunde. Wenn wir beide, Lena und ich, scheinbar nichts als die schnelle Herrichtung für den Arbeitstag im Sinn haben, schwebt doch ein schwer definierbarer Rest Spannung zwischen Waschtisch und Spiegel. Denn bewusst oder unbewusst huscht der Blick hierhin und dahin, und wenn er auch gar nichts wahrzunehmen scheint, dringen die nebensächlichsten Details dorthin, wo sie zu dieser Stunde fehl am Platz sind.

„Dein Höschen, Schatz", quetscht Lena unterm Zähneputzen hervor, „wen willst du denn heute damit becircen?"

„Das verrate ich nicht, Liebling", sage ich und fühle mich ob ihres Kompliments gleich viel munterer.

Umgekehrt geben mir die Farben ihrer Dessous regelmäßig Rätsel auf. Ist blau für die friedlichen Tage im Büro? Und rot für die Sitzungen, bei denen es drunter und drüber geht? Und die Tangas erst, warum trägt sie überhaupt Tangas zur Arbeit?

„Auf das Gefühl kommt es an", sagt sie dann, „verstehst du das?"

Nein, verstehe ich nicht. Aber ein längst vergessener Song von Donovan fällt mir ein: In the morning I love the best.

Der hatte es gut, der alte Troubadour. Musste morgens nicht zur Arbeit und durfte nach Herzenslust genießen: rot, blau, alles.

❧

36. Was Leiden schafft

Wenn ich ein kluges Zitat anbringen will, was selten vorkommt, aber ich habe ja doch den Ehrgeiz, bei Lena und ihren studierten Freunden mitzuhalten – wenn ich also ein Zitat benötige, suche ich in einer alten abgestoßenen Kladde aus meiner Schulzeit.

Damals hatte ich viele kluge Worte und Verse gesammelt, weil ich, wenn auch nur für kurz, Dichter werden wollte. Die Kladde war mein Allerheiligstes. Jedes

Mal, wenn sie irgendwo in einer Schublade auftauchte, immer an unterschiedlichen Stellen und immer ein wenig überraschend, nahm ich sie glücklich lächelnd in die Hand.

Das mit dem Dichter hatte sich ergeben, als ich in jugendforschem Alter ein paar Gedichte von Hölderlin las. Ich war hin und weg. So, genau so wollte auch ich dichten! Alles Weitere, glaubte ich, würde sich ergeben. Ich wusste sogar, wenn auch nur vorübergehend, wie die asklepiadeische Odenform funktionierte.

Warum ich das erzähle? Lena hatte doch tatsächlich mein Handy stibitzt und in den SMS spioniert. Als sie dabei auf eine neckisch harmlose Nachricht einer meiner Freundinnen von anno dazumal stieß, wurde sie zur Furie. Sie beantwortete die SMS gleich selbst, in einer Tonlage, die jeder Beschreibung spottete.

Krank oder? Wo war ihr Stolz geblieben, den sie sonst so gern zelebrierte?

„Eifersucht", fand ich in meiner Kladde, „ist eine Leidenschaft, die mit Eifer sucht, was Leiden schafft." Großartig, absolut passend! Das Zitat stammte von Friedrich Schleiermacher. Ich hätte googeln müssen, um zu erfahren, wer Friedrich Schleiermacher war. Aber das tat ich meiner Kladde nicht an. Sie war vollkommen, so wie sie war. Zu googeln hätte mir das Gefühl gegeben, sie zu entweihen.

Doch wie sollte ich reagieren? Verraten von der eigenen Frau, blamiert vor der alten Freundin hatte ich ein Problem. Ich erwog, eine Nacht nicht nach Hause zu kommen, das würde ihr zu denken geben. Oder eine anonyme Mail zu schreiben, die sie endgültig auf die Palme brachte.

Oder erstmal gar nichts zu unternehmen.

Es herrschte Spannung, als wir wortlos im Bett lagen. Ich dachte nach, wann ich selbst zuletzt eifersüchtig gewesen wäre. Vermutlich verdrängt man das. Und was ist Eifersucht überhaupt, eine Zwergform von Liebe? Oder eher deren Wucherung?

Meine Kladde gab darüber keine Auskunft. Psychologie hatte ich in dem Alter verabscheut und mir auch keine entsprechenden Notizen gemacht. Aber dann stieß ich doch auf zwei interessante Verse, diesmal von Bert Brecht: *Ich kann dies feile Fleisch noch nicht verschmerzen, / so tief sitzt die Kanaillje mir im Herzen.*

Sieh an, da war er wohl eifersüchtig gewesen, der olle Bert Brecht. Sollte ich das der neben mir grollenden Lena, die so tat, als ob sie schliefe, vorlesen? Lieber nicht. Ich löschte das Licht.

❧

37. Hemd auf dem Boden

Als Frühaufsteher, der ich auch am Wochenende bin, hatte ich alles Wesentliche in der Zeitung gelesen und wollte mich gerade und auch aus Langeweile noch dem Kulturteil zuwenden, der auf mich immer wie die Amaretti zum Espresso wirkt. Da aber erschien Lena in der Tür. Mit flinken Bewegungen umgürtete sie ihre berückenden Formen im Bademantel, was mir beinahe einen intellektuellen Ausruf des Entzückens entlockt hätte, ein Wow! oder dergleichen.

Etwas ließ mich innehalten.

In unangemessener (wie ich fand) Wortlosigkeit machte sich Lena schnurstracks über Gläser und Teller in der Spüle her und legte offenbar auch keinen Wert darauf, Rücksicht auf mich und den Kulturteil zu nehmen, der doch besser bei minderem Lärmpegel genossen wird. So bekam ich quasi nur am Rande mit, dass dort von großen Filmdiven der Vergangenheit die Rede war, namentlich von Ava Gardner (tolle Frau!) und Jane Russell (was haben die damals an der nur gefunden?), die beizeiten recht schwierige Charaktere gewesen seien, vor allem für ihre Männer.

„Muss das hier liegen?", fragte Lena im Ton eines Staatsanwaltes und hielt als corpus delicti mein Hemd in Händen, dessen ich mich am Abend aus Gründen gegenseitiger Erbauung recht flott entledigt hatte. Es musste wohl auf dem Boden gelandet sein.

„Und könntest du mir verraten, was deine Socken auf der Stuhllehne machen?" Wieder hielt Lena besagte Textilien anklagend in die Höhe.

Von der Diskrepanz zwischen der Anmut ihrer morgendlichen Erscheinung und der Grobheit ihrer Worte enttäuscht, hätte ich mich meinerseits um ein Haar im Ton vergriffen. Etwa in der Art: „Heul doch, Mädchen!"

Stattdessen sagte ich: „Der Tag ist schön, Liebling, perfekt, um die allerbeste Laune zu zeigen, und nie sahst du bezaubernder aus als heute in deinem wunderschönen Bademantel, der deine Formen allerliebst betont. Im Übrigen: Wir haben Samstag …"

„Auch am Samstag bin ich nicht deine Putzmamsell", stellte Lena fest. Mein Gesäusel, ahnte ich, hatte sie nicht im Mindesten beeindruckt. Hatte ich was verpasst? Hätte ich nicht so lange Zeitung lesen dürfen? Hätte ich ihr wenigstens den Kaffee ans Bett bringen sollen? Vermutlich war es das.

„In der Ecke", sagte ich, „hängt ein Spinnengewebe. Ganz früh heute Morgen, im Morgenrot, sah es unheimlich schön aus."

Konsterniert richtete Lena ihren Blick auf mich.

„Ich nehme an", sagte ich, „dass du es gleich wegwischen wirst."

❧

38. Ramses klopft an

Das Schicksal geht oft krumme Wege. Da hatte ich Lena unter Einsatz meiner Überredungskunst ermuntert, die Anschaffung eines Hundes wenigstens in Erwägung zu ziehen („groß und ruhig; du wirst nie mehr Angst haben"), und was passiert? Sie vernimmt, hellhörig wie sie ist, ein undefinierbares Klagelied vor unserer Tür.

Sie brauchen gar nicht zu raten, was es war. Nein, kein armer ausgesetzter Hund. Aber eine süße kleine davongelaufene Katze. Ein Kater, wie wir bald herausfinden sollten. Er saß da, kam zögerlich, eine Pfote vor die andere setzend, und doch auch zielstrebig rein und ging nicht wieder.

Lena gab ihm den Namen Ramses. Bei mir hieß er Rasputin, aber das äußerte ich selten laut und nur wenn der Kater und ich unter uns waren.

Lena verwöhnte ihn vom ersten Tag an nach Strich und Faden. Wenn dem jungen Herrn das Katzenfutter A nicht mundete, was oft vorkam, denn er erwies sich

bald als äußerst heikel, dann tauchte im Handumdrehen Katzenfutter B auf.

Wochen und Monate vergingen, Ramses entwickelte sich prächtig.

In letzter Zeit werden seine nächtlichen Eskapaden ausgedehnter. Wenn er, darin ein wahrer Rasputin, gegen vier Uhr früh endlich heimkehrt, springt Lena glücklich aus dem Bett, um ihn zu begrüßen und mit dem Futter seiner Wahl zu versorgen.

„Wo warst du denn?", pflegt Lena ihn dann zu fragen. Der Kater blickt nicht mal hoch. Ein Rasputin behält sein Geheimnis für sich.

Schon thront er, darin nun wieder ganz Ramses, wie ein Pharao auf dem Ehebett. Immerhin duldet er meine Anwesenheit.

Ich hätte wirklich gern einen Hund. Lena weiß das. Sie bezweifelt aber und vermutlich zurecht, dass auch Ramsilein gern einen Hund hätte. So füge ich mich in mein Schicksal als Nebenmann. Kürzlich nahm ich den Kater hoch und erklärte ihm, er würde demnächst kastriert.

Da hat es mich doch glatt in den Finger gebissen, dieses Biest!

༄

39. Ratlos wie ein Mann

Später am Abend drangen kleine Teufel ins Zimmer, eine Horde Dibbuks, die alles zersetzten, was beim Essen noch normal gewesen war. Wenigstens nach meinem Gefühl. Doch schon bei unserer gewohnten Partie

Halma war Lena nicht bei der Sache, über meinen Sieg konnte ich mich kaum freuen. Die Frotzeleien, die zu jedem Ergebnis gehörten, egal wer gewann, blieben aus.

Ich fragte mich, ob ich was Falsches gesagt hätte und rekapitulierte die letzten Stunden. Wir hatten über die Firma gesprochen, in der ich arbeitete, über Frustration und die anfängliche Überforderung, aus der längst Unterforderung geworden war, was auf ihre Art auch wieder überforderte. Kurzarbeit drohte. Ich schimpfte auf Hinz und Kunz, obwohl ich gar nicht wusste, wen ich konkret für die Situation verantwortlich machen konnte.

Normalerweise ein Thema, das Lena und mich zusammenrücken ließ. Und wenn die Welt voller Feinde ist, wir hatten uns!

Jetzt aber legte sie, wie um mich zu ärgern, ein starkes Stück „80er-Jahre-Plastikgefühle" auf. Duran Duran oder so was. Volle Dröhnung. Mich wurmte ihre plötzliche Abgekehrtheit. Duran Duran konnte ich nicht ausstehen. Kaum aus dem Raum tauschte ich ihre CD gegen Melody Gardots „Impossible Love", das war Musik von einem anderen Stern.

Nicht für Lena. Als sie wieder ins Zimmer kam, schüttelte sie nur den Kopf und wandte sich ab. Alle Zeichen deuteten auf Trauer. Weinte sie etwa? Ich muss feinfühliger sein, ging es mir durch den Kopf.

„Würdest du mir bitte sagen, was mit dir los ist?", rutschte es mir heraus. An meiner neuen Strategie der Sanftheit musste ich noch feilen.

Zum CD-Player gewandt sagte sie: „Ich habe heute den Schwangerschaftstest gemacht."

„Und?"

„Wieder nichts."

„Warum sagst du mir nichts davon!", protestierte ich, als ob das Ergebnis dann anders ausgefallen wäre.

Sie zuckte mit den Schultern: „Dich interessiert doch nur dein Scheißjob."

❦

40. Das Bankgespräch

Der Termin bei der Bank rückte mit der Unerbittlichkeit eines Sturmtiefs näher. Wir mussten uns neu aufstellen, raus aus unserer viel zu engen Kombüse, mehr Luft für die Zukunft. Wir brauchten Geld.

Als ob meine Nerven nicht genug gespannt gewesen wären, erblickte ich meinen Filialleiter auch noch in der Zeitung. Scheck-Übergabe. Die Lokalpresse berichtet ja gern von solchen Anlässen. Ich stöhnte.

„Was bedrückt dich, Liebling?" Lena legte mir den Arm über die Schulter. „Das ist er", presste ich heraus, „schau dir diese Augenbrauen an!"

„Was ist mit den Augenbrauen?"

„Mit ihm zu reden, Schatz, ist wie eine Begegnung mit einem verwundeten Puma. Der beißt dich weg!"

„Also, auf mich wirkt er eher wie ein Schmusekater."

„Wie bitte?"

„Fescher Typ."

Was redete diese Frau? Natürlich musste man ihr zugutehalten, dass sie nicht wissen konnte, wie er mir als Jugendlichem kein Geld ausgezahlt hatte, weil er dafür angeblich die Unterschrift meiner Eltern brauchte. Sie wusste auch nicht, dass er mir mal mit fettem Grinsen den Kreditrahmen praktisch auf null gestutzt hatte. Und mit dem Ausbildungsvertrag, den ich als, zugegeben, übereifriger Vater für unseren ungeborenen Nachwuchs abschließen wollte, hatte er mich auch über den Tisch gezogen ...

„Geh du doch hin!", sagte ich trotzig.

„Mach ich", sagte Lena, „gib mir die Unterlagen."

Da war ich nun baff. Typisch Lena! Ich verspürte eine gewisse Erleichterung. Sie würde das schon regeln, ich traute ihr alles zu. Aber wenn sie sich schon freiwillig den Niagara runterstürzte, musste ich dann unbedingt mit? „Bestehst du darauf", fragte ich vorsichtig, „dass ich dich begleite?

41. Ende der Ferne

Lena lag auf dem Sofa, in ihre Lieblingswolldecke eingemummelt. Sie las einen Roman. Ich hockte am Tisch und hatte noch zu arbeiten. Es war bitterkalt draußen. Im Kamin knackte das Holz. Aber das Feuer kam gegen die Kälte nicht an. Gerade überlegte ich, ob ich in den Keller gehen und die Heizung höherstellen sollte, da meldete sich Lena vom Sofa: „Ich bin noch nie zusammengebrochen, weil du mich betrogen hast."

„Hab ich ja auch nicht."

„Weiß man's?"

So verging eine Weile intensiven Lesens und Arbeitens. Noch immer schob ich die Entscheidung auf, in den Keller zu gehen.

In einem Ton der Empörung rief Lena: „Du hast mir auch noch nie im Leben mitgeteilt, dass du unser ganzes Vermögen im Casino verspielt hast."

Unser ganzes Vermögen? Lena und ihre Lesefrüchte. Sie liebte Autoren des 19. Jahrhunderts, von denen ich nun gar keine Ahnung hatte. Ich beschloss, in den Keller zu gehen.

„In diesem Brief würde auch stehen", fügte Lena hinzu, „dass du dich umgebracht hättest, noch bevor ich diese deine Zeilen in Händen hielte."

„Tolle Lektüre …", murmelte ich, indem ich mich erhob.

„Weißt du was?", sagte sie und blickte von dem Buch auf: „Uns gebricht es an Schicksal."

„Du mit deinem antiquarischen Deutsch", tadelte ich, „so schreibt doch heute keiner mehr."

„Deswegen bleibt es trotzdem Deutsch", antwortete sie, „und es ist traumhaft schön."

„Also, wenn ich schreiben würde, ginge es viel mehr querfeldein, richtig zur Sache, sozusagen querwortein!"

„Haha. Du schreibst aber nicht."

„Wart's ab, ich bin der Bestsellerautor von morgen!"

„Darüber reden wir übermorgen", entschied sie und wandte sich ihrem Buch zu.

Als ich aus dem Keller zurückkam, war meine Frau wieder ganz bei ihrem Thema. „Du weißt ja, Schatz", begann sie, „dass mir die Beatles nicht so viel bedeuten wie dir. Aber als ich kürzlich im Radio dieses Lied hörte, P. S., I Love You, also, da ist so viel traurige Ferne drin, so eine unermessliche geographische Distanz zwischen zwei Liebenden. Ich habe mir vorgestellt, du würdest in Neuseeland arbeiten und ich säße hier und würde auf deine Briefe warten …"

Wie kam sie darauf, dass mir die Beatles viel bedeuteten? Und was sollte ich in Neuseeland? Endgültig von meiner Arbeit abgebracht, legte ich den Taschenrechner beiseite.

„Wie muss das früher gewesen sein", überlegte Lena, „wenn man jahrelang kein Lebenszeichen bekam? Wenn der Mann im Krieg war? Oder verschollen?"

„Zum Glück ist das heute kaum noch vorstellbar", stellte ich bar jeder Romantik fest, „dank Smartphone und GPS kann man kaum noch irgendwo verlorengehen."

„Ja", meinte Lena, „ist das nicht furchtbar schade?"

❧

42. Glück im Unglück

Als wir uns zur Nachrichtensendung im ZDF ein paar schlankmachende Camembert-Brote einschoben und mit kalorienarmem Rotwein nachspülten, machten wir, was wir sonst strikt ablehnten: Wir verglichen uns.

Wir verglichen uns mit den Menschen in den USA, die vor einem Waldbrand flüchteten und ihr Hab und Gut zurücklassen mussten. Wir verglichen uns mit Flutopfern in Asien und den vielen Bombenopfern im Nahen Osten.

Keiner von uns beiden sagte: „Uns geht's ja noch gold!" Aber wenn einem im Fernsehen Katastrophen im Dutzend vorgeführt werden, kommt man nicht umhin und beglückwünscht sich zum sicheren Ufer, auf dem man grade steht. Zur rechten Zeit am rechten Ort. Der

Mensch ist ein Unterschiedswesen, ob er will oder nicht.

„Soll ich noch 'ne Flasche öffnen?", schlug ich vor.

Lena war abgelenkt. „Stell dir das vor", sagte sie und wies zum Fernsehen, wo jetzt von Turbulenzen an irgendeiner fernen Börse die Rede war, „da sitzen diese Typen nun tagein, tagaus. Was werden sie ihren Enkeln sagen, wenn sie 75 sind? Dass sie ihr Leben lang auf Bildschirme geglotzt und Zahlen beobachtet haben?"

Mir kam der Gedanke, dass ich mit 75 auch nicht viel Aufregendes aus meinem Beruf würde berichten können. Überhaupt gab es eine Menge Leute, die den ganzen Tag nichts anderes machten, als auf Bildschirme zu starren ...

„Sie kaufen, stoßen ab, kaufen, stoßen ab", regte sich Lena auf. „Ist das blöd!"

Im Hintergrund flackerten Anzeigentafeln mit Zahlen. Wie in einem großen Flughafen. „Ich glaube", sagte ich, „die kaufen gar nicht mehr selbst, das erledigen Algorithmen für sie."

„Sag ich doch", behauptete Lena in voller Überzeugung, „da sitzen Figuren, die den Zahlen beim Leben zuschauen."

„Lena, wenn ich ein Börsenfuzzi wäre, dann hätte ich vielleicht so viel Kohle, dass ich mir jeden Abend eine teure Gespielin leisten könnte ..."

Sie drehte sich zu mir um.

„Aber da ich keiner bin", fuhr ich fort, „würde ich jetzt schrecklich gern mit dir vorliebnehmen."

„Nach all dem Unglück in der Welt", sagte sie und straffte sich, „jetzt auch noch das."

43. Der Test

Auf der Fahrt nach Hause musste die Musik laut sein, richtig volle Kanne, bis es den benachbarten Wagen vor der Ampel aus der Spur hob. Mir war nach Rausch zumute, nach siebtem Himmel. Ich fingerte nach den CDs, fand Bruce Springsteen und programmierte Prove It All Night. Ja, das war's jetzt, Baby. Ich fuhr nach Hause und hatte meinen Test, vor dem ich so viel Schiss gehabt hatte, bestanden. Als ich anrief, um es Lena zu sagen, weinte sie vor Freude.

Wie hatte sie unter den ständigen stereotypen Fragen gelitten: „Wann ist es denn bei euch soweit?" Klar, das wurde so dahingesagt, das sahen manche Leute sogar als höfliche Nachfrage an, aber es lag auch etwas Lauerndes darin. Warum wurde die Frau nicht schwanger? Stimmt bei denen was nicht? Können es sich wohl nicht leisten, ein Kind zu bekommen ... Sie verdient ja das Geld, er ist doch nur so eine Art Handwerker ...

Lena maskierte sich in solchen Fällen mit dem gleich-gültigsten Gesicht der Welt. „Erst mal brauchen wir eine größere Wohnung", pflegte sie zu behaupten, obwohl wir nie davon gesprochen hatten. Und einmal hörte ich sie am Nebentisch sagen: „Erst muss mein Mann erwachsen werden, dann bekomme ich die Hände frei für ein Baby."

Am Ende lief es auf die entsprechenden Arztbesuche und Tests hinaus. Erst sie, dann ich. Und jetzt, jetzt hatte ich den WHO-Richtwert um Längen übertroffen! Abraham war ein Waisenknabe im Vergleich zu meiner Fruchtbarkeit. So wie es aussah, konnten Lena und ich noch eine komplette Fußballmannschaft plus Ersatzspieler in die Welt setzen.

Zwei Millionen Paare, hatte ich beim Urologen erfahren, litten in Deutschland unter unerfülltem Kinderwunsch, in einem Drittel der Fälle lag es am Mann. Sicher, es gibt heutzutage viele Wege, das zu kompensieren, aber wer sich mit den Mitteln moderner Befruchtungstechnik behalf, wurde in seiner Umgebung scheel angesehen oder musste sich gar beschimpfen lassen. „Halbwesen" hatte eine Schriftstellerin, die mehr Literaturpreise als Leser hat, über künstlich gezeugte Kinder genölt.

Egal, ich war selig. Das Resultat würde unseren Bemühungen neuen Schwung verleihen. „An Old Raincoat Won't Never Let You Down" sang ich jetzt, egal ob das einen Sinn ergab. Vermutlich war ein Song wie dieser nur für solche Momente geschrieben worden, in denen man völlig eins ist mit der Welt.

Lena hatte eine Wagenladung Kerzen angezündet, den Tisch festlich gedeckt und auf die Schnelle meine liebste Quiche Lorraine gezaubert. Wir strahlten um die Wette.

„Bestimmt musst du heute Abend noch arbeiten", sagte ich.

„Ich könnte es ausnahmsweise verschieben", sagte sie. Wir hoben die Weingläser.

Prove It All Night, Baby, dachte ich.

❧

44. Kluger Mann, kluge Frau

Von ihrer Arbeit bei einer Außenstelle der Europäischen Union brachte Lena eines Abends einen Witz mit. Er stamme, erklärte Lena vorweg, aus einer griechischen Witze-Sammlung. Und ging so: „Ruft ein Mann in der Taverne von einem Thekenende zum anderen: Du, ich hatte was mit deiner Frau – für umsonst! Antwortet der andere: Selbst dran schuld. Als ihr Ehemann muss ich mit der alten Hexe was haben, du nicht."

Während sich Lena nicht mehr einkriegte, guckte ich zweifach verdutzt. Was gefiel ihr an dem Witz so gut? Laut sagte ich: „Damit beschäftigt sich also die EU!"

„Allerdings. Wir sind aufgefordert, die Möglichkeit eines Verbots von sexistischen und anderweitig diskriminierenden Witzen zu prüfen."

Ach du lieber Himmel, dachte ich: Als ob wir nicht schon genug Verbote hätten! Die Chancen, in ein Fettnäpfchen politischer Korrektheit zu treten, waren mittlerweile so groß, dass man am besten nur noch Gemeinplätze von sich gab und auch die vorsichtshalber in Gänsetüttelchen.

„Eine andere Kommission", erzählte Lena, „befasst sich gerade mit dem Verbot von Popcorn im Kino, ach, und auch das führerscheinfreie Fahren von E-Bikes steht auf dem Prüfstand. Aber weißt du, Schatz, ich habe noch nie so viele doofe Witze lesen dürfen, das ganze Internet besteht anscheinend aus Katzenvideos und Witzen …"

„Gab's nicht mal", unterbrach ich, „eine freiwillige Selbstkontrolle beim Film? Die haben sich auch erst die Pornos zu Gemüte geführt, um sie dann auf Freigabe ab 18 zu stufen."

„Ach, du siehst das viel zu verschwörerisch!"

„Überhaupt nicht. Aber ein Witz ist ein Witz. Ob gut oder mies. Wer soll denn darüber befinden, wann gelacht werden darf? Eben musstest du über diesen Griechen-Witz lachen, ich fand ihn eher mau. Das zeigt doch, wie unterschiedlich man auf Witze reagiert. Wenn ihr aber die Möglichkeit eines Verbots prüfen sollt, dann wird ja wohl daran gedacht, Empfindungen justiziabel zu machen."

„Nun ja", Lena wiegte in plötzlichem Ernst ihr Haupt, „das wohl nicht. Aber wenn Vorgesetzte ihre Angestellten mit Witzen beleidigen oder Schüler ihre Lehrer, dann wäre es vielleicht angebracht, wenn es ein paar Kriterien gäbe, wie weit das gehen darf."

„Kann gar nicht klappen", wandte ich ein, „schon gar nicht europaweit. Jedes Land hat seinen eigenen Humor und seine eigenen Empfindlichkeiten."

„Mag ja sein, mein Lieber", meinte Lena in einem Ton, der mir zu verstehen gab, dass sie jetzt keine Lust hatte, über weitere Einwände zu reden, „aber einige Witze sind echt süß. Kennst du den? Fragt ein Schüler den anderen: Ist Afrika eigentlich weit weg? Antwortet der andere: Nicht besonders. Wir haben einen Afrikaner in der Klasse, der kommt jeden Morgen mit dem Fahrrad."

Und wieder lachte sie sich schlapp.

„Oder den: Kluger Mann + kluge Frau = Romantik."

„Aha", machte ich. „Wo ist der Witz?"

„Wart's ab. Kluger Mann + dumme Frau = Sexaffäre. Dummer Mann + kluge Frau = Heirat."

„Aha", machte ich noch mal, „wie bei uns."

„Dummerchen!", schalt Lena, „es geht noch weiter: Dummer Mann + dumme Frau = Schwangerschaft."

„Oh", rief ich diesmal, „heißt das, dass wir beide ..."

„Keine Sorge, Schatz", sagte Lena, „wir beide sind dumm genug, eine Schwangerschaft hinzukriegen."

45. Splitterfasernackt

Später fragte ich mich, wie ich auf das Wort „splitterfasernackt" gekommen bin. Ein seltsam zusammengesetztes Wort, nackt und Faser, das kann man sich zur Not noch zusammenreimen, aber was haben Splitter damit zu tun?

Es war früh am Morgen. Ich musste los, und Lena hatte anscheinend auch was vor, aber zerstreut, wie ich ihr manchmal zuhörte, hatte ich vergessen, was es war.

Sie saß vor ihrem geöffneten Schrank und gönnte sich ein paar Minuten Bedenkzeit, offenbar das eine oder andere gute Teil erwägend, um es dann doch wieder zu verwerfen. Sich anzukleiden hat was von Lustqual, besonders für Frauen.

Und dann wurde mir, der ich beinahe im Vorübergehen einen Witz zu ihrer Anzieherei gemacht hätte, mit einem Mal klar, wie nackt sie war – splitterfasernackt – und wie unglaublich schön.

Natürlich bemerkte sie meinen Blick. Frauen haben einen sechsten Sinn für begehrliche Blicke. Sie drehte den Kopf zu mir, erhob sich in ganzer Pracht und fragte, was keiner Frage bedurft hätte: „Gefall ich dir?"

Die Antwort verkniff ich mir. Ich ging davon aus, dass ich ohnehin andächtig strahlte wie ein Bub vor dem Filmplakat mit einer Hollywood-Beauty. Als wir uns berührten und in die Arme nahmen, kam mir ein alter Scherz in den Sinn: „Gar nicht mal übel für dienstags!" Ich behielt ihn für mich.

Splitterfasernackt, klar, so hatte mein Vater, als ich noch klein war, geredet. Heute sagte das niemand mehr. Seltsam, wie einem diese Ausdrücke nachhängen. Meine

Eltern hatte ich niemals nackt erlebt. Sie waren in meiner Anwesenheit immer korrekt, also bedeckt. Auch vor dem Kleiderschrank. Undenkbar, dass ich meine Mutter je nackt gesehen hätte. Sie hatte sich, wie man sagte, „was übergezogen", selbst wenn sie darüber nachdachte, was sie anziehen sollte.

„Du musst dir was überziehen", sagte ich zu Lena.

Und auf ihr belustigt fragendes Kopfschütteln hin: „So kannst du nicht gehen."

❦

46. Madeleine

Es war einer dieser plötzlichen und nicht auf Anhieb nachvollziehbaren Themenwechsel, für die Lena eine Vorliebe hat. Wir waren unterwegs zu einem Besuch bei den Hirschlimanns, als Lena auf die Liebe der Franzosen zu sprechen kam.

Gerade hatte sie mich ermahnt, meine Geringschätzung für die Gastgeberin zu zügeln. Frau Hirschlimann war eine ausnehmend schlechte Köchin und hatte eine Vorliebe für Themen, die sonst eher beim Frisör besprochen werden.

Während ich noch feierlich gelobte, alle spitzen Bemerkungen zu unterdrücken und den Diplomaten in mir zu wecken, schweifte Lena unvermutet in scheinbar ganz andere Gefilde: „Wie kommt es eigentlich, Schatz, dass Französisch als Sprache der Liebe gilt?"

„Ich verstehe nicht."

„Ganz viele Ausdrücke, die mit Liebe und Sex zu tun

ménage-à-trois

rendez-vous

amour fou

tête-à-tête

haben, kommen aus dem Französischen: Rendezvous, tête-à-tête, ménage à trois ...“

„Oh, là, là“, sagte ich, weil mir sonst nichts einfiel. Wie sollte ich wissen, warum Französisch die Sprache der Liebe ist?

„Amour fou, Femme fatale ...“, zählte Lena weiter auf.

„Dekolleté“, ergänzte ich. Ganz unbeleckt war ich nun doch nicht.

„Ich glaube“, sinnierte Lena, „für eine Französin gehört es sich, neben dem Ehemann noch einen Liebhaber zu haben.“

„Ist das so?“

„Die Hirschlimann hat einen, wusstest du das?“

„Nein. Aber ist sie denn Französin?“

„Das nicht. Aber sie heißt Madeleine mit Vornamen. Wusstest du auch nicht, was?“

„Nein“, sagte ich, „soweit sind wir noch nicht ...“

47. Alter Traum

Es gab Lummerkotelett mit geschmorten Apfelscheiben und Reis. Ich schaute bang, ob sich Lena für das noch unangetastete dritte Kotelett erwärmen würde oder ob es für mich bliebe. Seit sie schwanger war, hatte ihr Hunger Vorrang.

Wie ich nun just bei dieser spannenden Hängepartie auf Panini-Bildchen zu sprechen kam, kann ich im Nachhinein nicht nachvollziehen. Ich sagte es wohl so: „Komisch, wenn ich jetzt überall die Kinder mit ihren

Bildermappen sehe, weiß ich noch genau, wie sehr ich mir gewünscht habe, selbst auf so einem Bild zu sein."

„Ach ja", meinte Lena, „das ist doch voll peinlich. Kürzlich stand so ein Typ, der war schon kein Kind mehr, eher ein Jugendlicher, im Supermarkt hinter der Kasse und bettelte alle Kunden an, ob sie ihm ihre Karten überlassen könnten."

„Es ging mir damals nicht ums Sammeln, Liebling", wandte ich ein.

Lena sagte nichts, sie kaute. Aber sie hatte diesen belustigten Blick, der mich bisweilen verunsicherte.

„Wenn du mal drauf warst, auf so einem Bild", fuhr ich fort, „dann hast du's geschafft. Das ist was für die Ewigkeit."

„Ist ja noch nicht aller Tage Abend", meinte Lena heiter. „Wo spielst du gerade: VfL Alte Herren 2? Da bleibt viel Luft nach oben, Schatz. Musst halt an dir arbeiten. Rein vom Finanziellen her würde ich eine späte Fußballkarriere begrüßen."

Was Lenas Spott anging, war ich ganz Zen. Doch wurde mir, während ich vom Reis nahm, die Gegenwärtigkeit meiner Jugendträume bewusst. Die Chance auf ihre Verwirklichung lag lange zurück, aber so ganz ausgeträumt waren sie trotzdem nicht.

Die erste Kreismeisterschaft, das war in der C-Jugend. In der B-Jugend kam die Berufung des Verbandes zu einem Auswahllehrgang. Nach dem ersten Tag hätte ich getrost abreisen können, so sehr nahmen die einen ran. Ich konnte kaum noch laufen, geschweige denn gut Fußball spielen.

Durchs Raster gefallen. Nicht zum letzten Mal.

In einigen Monaten würde ich Vater werden. Ob Junge oder Mädchen, es würde neue Träume und neue Anläufe geben. Aber es würden Träume sein, die nicht mehr mir selbst, sondern dem Kind galten.

Lena lud sich das letzte Kotelett auf.

❦

48. Giraudoux

Ich liebe dich!", sagte sie.

„Ich dich auch."

„Ich liebe dich wie einen Traum, der in Erfüllung gegangen ist", sagte sie.

„Ich dich auch."

„Ich liebe deine poetische Art, meine Liebeserklärungen zu erwidern", lächelte sie.

Ich dachte nach.

„Ich liebe dich wie Borussia und Schalke zu einem Team vereint."

Das rang Lena eine kleine Falte auf der Stirn ab. „Ist das was Schönes?", fragte sie.

„Unbedingt."

„So schön wie der Strauß Rosen, den du mir nie schenkst?"

„So schön wie ein Riesenstrauß Blumen, den ich frisch vom Friedhof geklaut habe", sagte ich.

„Oh ..."

Wir wussten nicht mehr, wie streiten geht. Seit Tagen schmusten, liebten und lebten wir wie auf einer Wolke. Mit dem Streit ist es wie mit dem Schmerz. Sobald er gewichen ist, ist er so gut wie vergessen.

In schlechteren Zeiten, die weit hinter uns lagen und garantiert nie wiederkehren würden, hatte ich einen Freund zu Rate gezogen. Pierre. Zwei gescheiterte Ehen, gestählt in zahllosen Beziehungsgefechten, ein Veteran des Genderkrieges. Seine Meinung war mir wichtig.

Über das, was ich ihm erzählte, konnte er nur lachen. Am Ende eines langen Abends an der Theke fertigte er mich mit einem, wie ich fand, lauen Sprüchlein ab: „Die Ehe zweier Menschen, die einander in Liebe verbunden sind, kommt nie zur Ruhe; sie lebt von elementarer Uneinigkeit."

Das sei, sagte Pierre, von Jean Giraudoux.

Ich kannte keinen Jean Giraudoux.

Jetzt, da zwischen Lena und mir unendlicher Frieden herrschte, wagte ich die Bemerkung: „Du solltest immer schwanger sein, Liebling. Du bist so ..., so ganz anders."

Lena lachte. Und gab mir einen Kuss. „Ich bin glücklich", sagte sie.

Natürlich war ich auch glücklich. Trotzdem suchte ich nach einer originellen Antwort, vielleicht nach einer witzigen kleinen Einschränkung meines Glücks. Ich überlegte.

Schließlich sagte ich: „Ich auch."

❧

49. Meine Fehler

Im Fehler liegt ja oft auch ein Reiz", sinnierte Lena, während wir Tiramisu zum Nachtisch löffelten. Keine Ahnung, wie wir auf Fehler zu sprechen gekommen waren, aber ich wusste, dass ich es war, dem sie unterliefen. „Manchmal", fuhr Lena fort, „habe ich mich schon gefragt, ob du das extra machst – Wörter falsch aussprechen und krumm bei Tisch sitzen …"

Unwillkürlich straffte ich mich. Aber was sprach ich falsch aus? Lena wusste sehr gut, dass sie damit bei mir einen Komplex berührte. „Was zum Beispiel?", knurrte ich.

Sie zuckte mit den Schultern. „Serendipity, zum Beispiel. Wie du das kürzlich verstottert hast, war wirklich süß!"

Seren…? Ich kannte das Wort gar nicht, geschweige denn, dass ich's je süß verstottert hätte.

„So ein Unfug!", fuhr ich auf. „Das erfindest du nur, um mich einzuschüchtern."

„Wenn ich über dich rede, wirst du mir immer gleich zum Feind", lächelte sie engelssanft, „du kannst ungeheuer nachtragend sein. Ich meine es doch nicht böse."

Das war nun etwas, über das ich gern nachgedacht hätte; denn es stimmte nicht. Die Abstufungen von Belustigung zu Schadenfreude zu Boshaftigkeit waren minimal. Doch wer zu lange nachdenkt, verpasst die Antwort. Wieder mal …

„Manchmal ist es erst wieder gut, wenn wir miteinander geschlafen haben", fuhr sie wohlgelaunt fort, „als ob Sex der Kitt für unsere Beziehung wäre."

„Lena …"

„Ist doch so! Du bist so ein sturer Hund. Nur im Bett verliert sich das."

Wieder fehlten mir die Worte. Ich hatte diese Frau begehrt, noch bevor ich sie traf. Warum konnte sie es nicht mal gut sein lassen, statt mich mit vertrackten Beziehungsproblemen zu nerven?

„Du sagst ja nichts?", forschte sie.

„Was soll ich auch sagen? Es ist spät. Wenn wir uns noch vertragen wollen, sollten wir ins Bett gehen!"

„Gute Idee", strahlte Lena. „Ich werde dich lehren, was Serendipity bedeutet."

Sie hatte gern das letzte Wort.

50. Weißt du noch?

Die schönste Stimmung leidet, wenn falsche Fragen gestellt werden. Zum Beispiel: Weißt du noch, wie wir ...?

Es kommt vor, dass stark gegensätzliche Erinnerungen an das Weißt-du-noch herrschen. Deshalb war ich nicht amüsiert, als mich Lena in einem Moment trauter Harmonie bedrängte, ich möge doch mal erzählen, wie das eigentlich gewesen sei, damals, als ich sie zum ersten Mal sah.

Ich ahnte, worum es ihr ging – um die Liebe auf den ersten Blick. Der romantische Imperativ. Sollte es diesen magischen ersten Blick nicht gegeben haben, muss ihn die Erinnerung erschaffen. Die Erinnerung ist etwas, was sich gern selbst hilft, besonders wenn es in eine vorgegebene Richtung geht.

Ich wollte mich aber nicht erinnern und konnte es auch gar nicht. Die Bilder waren verblasst. Lena war für mich längst zu einem Wesen geworden, das immer schon da war. Aber das sagte ich ihr nicht.

Ich sagte: „Das ist wieder so eine typische Frauenfrage. Als ob der erste Eindruck so wichtig wäre! Anziehung zwischen zwei Menschen entwickelt sich ganz allmählich. Dazu braucht es Erfahrungen, Erlebnisse, Beobachtungen. Liebe fällt nicht vom Himmel ...“

„Ach, du“, rief sie, „nun mach keine Wissenschaft daraus. Ich wollte nur wissen, wie ich auf dich gewirkt habe – ob es gleich gefunkt hat.“

„Hat es nicht“, gab ich unwirsch zurück.

„Das habe ich aber anders in Erinnerung“, widersprach Lena. „Ich für meinen Teil fand dich lustig.“

„Lustig?“

„Ja, du hattest so was Unfertiges, Schüchternes. Außerdem bist du rot geworden.“

„So ein Quatsch!“

„Aber deinen Hintern fand ich gleich ziemlich knackig.“

„Das ist ja schön“, sagte ich, leicht pikiert. „Dann war das wohl Liebe auf den ersten Hintern.“

51. Die lieben Kollegen

Es musste am Ruhepotenzial des Sonntagmorgens liegen, dass Lena beim Frühstück so gern von ihren Kollegen erzählte. Meine Ruhe war dann immer ein wenig dahin, aber sei's drum, ich hörte gerne zu. Ohne die Kollegen je gesehen zu haben, kannte ich sie inzwischen selbst schon recht gut. So konnte ich mir von Stephen, dem Belgier, ein Bild machen, der anscheinend alle Tage von Raum zu Raum pilgerte, um etwas Essbares zu ergattern.

Lena hatte in einer Anwandlung von Schadenfreude meist eine Packung Ingwer-Stäbchen dabei. Sie mochte sie selbst nicht, vor allem aber mochte Stephen sie nicht, sodass er immer wieder enttäuscht eine Tür weiterzog. Was Lena ihm im Stillen übel nahm: Er hatte sich noch kein einziges Mal zu ihrer Schwangerschaft geäußert, obwohl alle davon wussten und sie längst sichtbar war. „Ich glaube, der kleine Schnorrer ist einfach zu verklemmt, um mich anzusprechen", meinte Lena.

So viel zu Stephen.

Lena und ihre Kollegen, das war die Besetzung eines kleinen Raumschiffs der Europäischen Union, das weit außerhalb Brüssels gelandet war. „Brüssel" blieb für alle der liebe Gott – als Wort, als Richtschnur, als Drohung, Anrufung und Verwünschung.

Heute erzählte Lena von Clarissa, einer begnadeten Selbstdarstellerin.

„Wenn du sie morgens sehen würdest, Liebling, dächtest du, sie hätte wieder Wunder was für eine Liebesnacht hinter sich und morgens keine Zeit gefunden, sich zurechtzumachen. Total verwuschelt und irgendwie nicht von dieser Welt. Aber doch auch so, dass es auf eine Art klasse aussieht. Erst wenn der Chef die Runde macht, erwachen ihre Lebensgeister und sie verwandelt sich in ein Luder der Dienstbarkeit."

Für einen winzigen Augenblick durften meine Gedanken bei der Natur von Clarissas Liebesnächten verweilen, und seltsamerweise war es das Wort „Dienstbarkeit", das in meiner Phantasie zum Schlüssel für Clarissas Nächte wurde. Sie war übrigens Österreicherin. Lena arbeitete in einem internationalen Team.

Unterm Runterdrücken der Kaffeepresse kam sie auf Harry, den Windmacher, zu sprechen. „Eine unerbittliche Duz-Maschine. Immer in Aktion. Handy an einem Ohr, das Telefon auf dem anderen. Er ist der einzige von uns, der weltberühmt zu sein scheint. Jeder kennt ihn. Aber wenn du am Ende der Woche fragst, was er eigentlich vollbracht hat, bleibt so viel ..." Lena spitzte Daumen und Zeigefinger und ließ einen winzigen Spalt offen.

„Du wirst sie alle vermissen", sagte ich, ein Brötchen schmierend, „wenn du erst mal im Schwangerschaftsurlaub bist."

„Meinst du? Ich glaube eher, dass du was vermissen wirst ..." Und als ich sie fragend anschaute: „Diese wunderbare Ruhe am Sonntagmorgen. Wenn wir unser Kind haben, ist es damit vorbei."

Ich lud mir ordentlich Marmelade auf das Brötchen, als gälte es vorzusorgen.

52. Der Berg ruft

Kaffeeduft erfüllte den Raum. Während ich meine Spiegeleier verputzte, schlurfte Lena verschlafen herbei.

„Du hast es aber eilig heute", wunderte sie sich.

Das stimmte und war doch nur die halbe Wahrheit.

Ich hatte ein Anliegen. War jetzt er richtige Augenblick? Ich versuchte es.

„Lena", begann ich, „du weißt, dass in den nächsten Monaten einiges auf uns zukommt. Deshalb dachte ich: Ich erfülle Björn und Fred den Wunsch und gehe jetzt noch mal schnell mit ihnen auf diese Bergtour, von der ich gesprochen habe ..." Ich spülte meinen Worten einen Schluck Kaffee hinterher. Seltsam, Kaffee riecht oft besser, als er schmeckt.

„Bergtour?", bemerkte Lena mit einem Lächeln, das ich als durchaus wohlgesonnen registrierte. „Und ich habe immer geglaubt, das sei mehr oder weniger eine Sauftour."

„Eher weniger", stellte ich sachlich klar. „Die Route ist anspruchsvoll, da verbietet sich jeglicher Alkohol. Es sind auch nur drei Tage."

„Drei Tage?", wiederholte Lena. „Das ist jetzt wohl mein Schicksal als werdende Mutter, dass ich zu Hause bleibe, während du deinem Vergnügen nachgehst."

Das klang nun nicht mehr wohlgesonnen.

„Hast du dir mal überlegt", redete sie sich in Rage, „wie wir finanziell über die Runden kommen sollen, wenn ich meine Elternzeit nehme?"

Ich sah den Zusammenhang mit meinen Bergtourplänen nicht. Die Ausgaben hielten sich im Rahmen, meine Kumpel hatten einen feinen Plan ausgetüftelt.

„Björn und Fred ...", versuchte ich.

„Bleib mir weg mit Björn und Fred!", fauchte sie.

„Björn und Fred würden sich sehr freuen, wenn du mitkämst. Bis zur Talstation oder so. Das würde uns auch Transportkosten sparen."

„Mit anderen Worten", sagte Lena und setzte sich in

Positur, „ich soll euch Suffköppe auch noch chauffieren? Schmink dir das ab, mein Lieber, kommt nicht in Frage!"

꿇

53. Strichliste

Als ich nach Hause kam, telefonierte Lena. Sie sagte nicht viel, gab nur Einsilbiges von sich. Ja, nein, ich, er … Was sollte das?

Als das Gespräch beendet war, wirkte sie erschöpft. „Schon wieder eine Umfrage. Sie wollten wissen, wie wir uns als Ehepaar die Arbeit im Haushalt aufteilen. Ich habe versucht, deinen Anteil ein wenig schönzureden."

„Guten Abend, Liebling", rief ich wohlgelaunt. Ich hatte nicht die geringste Lust, mich auf Käbbeleien einzulassen.

„Wer sind sie?", fragte ich.

„Irgendein Institut. Es gibt so viele davon. Und alle nähren sie sich aus Töpfen, von denen du nicht mal ahnen würdest, dass es sie gibt. Die EU ist ein Jobprogramm für Erbsenzähler, die sich Soziologen nennen und andernfalls auf der Straße lägen."

Ob sie nun auf der Straße stünden oder lägen, war mir einerlei. Aber warum wurde immer Lena gefragt und ich nie?

Kürzlich hatte man von ihr wissen wollen, welche deutsche Fußballmannschaft am ehesten eine Chance gegen den FC Bayern hätte – Lena! Wo ich doch der Fußballexperte bin. Das nächste Mal hatte man sie nach ihren Fischvorlieben gefragt, obwohl sie, anders als ich, niemals Fisch isst.

„Ich wünschte, deine Soziologen würden mich mal an die Strippe bekommen. Ich würde ihnen erstmal erklären, dass sie immer die Falsche befragen ...“

„Nur zu, ich bin nicht scharf auf diese Interviews“, feuerte mich Lena an.

„Und dann würde ich mir ausbitten, nach dem Zustand meiner Ehe befragt zu werden.“

„Ach, Liebling“, meinte Lena, „wenn du unbedingt dein Herz ausschütten möchtest, solltest du das woanders tun. Bei Umfragen bist du nur ein weiterer Strich auf der Liste.“

„Auf der Liste der unverstandenen Männer zählt jeder Strich“, erklärte ich.

Lena setzte sich mir auf den Schoß. Bevor ich die Bemerkung loswurde, sie sei auch schon leichter gewesen, flüsterte sie mir ins Ohr: „Auf meiner Liste gibt es nur einen. Und den verstehe ich ziemlich gut.“

54. Bier für Roger

Komisch, dass ich gerade jetzt, da wir auf dem besten Weg waren, eine Familie zu werden, oft an unsere Anfänge denken musste; an den Tag, als wir vor einer Kneipe standen, die so voll war, dass man das Bier aus dem Fenster nach draußen reichte.

Lena und ich, wir redeten in aller Unschuld miteinander, nicht ahnend, was einmal daraus werden würde, ja nicht einmal einen Gedanken darauf verschwendend, dass es je über dieses belanglose Gespräch, bei dem viel gelacht wurde, hinausgehen könnte.

Bis der dicke Roger zu uns trat, Glas Bier in der Hand, wie immer.

„Mensch", dröhnte er, mir auf die Schulter schlagend, „du hast ja mal wieder Schwein! Ich sehe nur grünes Licht in den Augen der Braut."

Lena tat so, als sei es möglich, davon nichts mitzubekommen.

Ich wäre am liebsten im Boden versunken. Weiß der Kuckuck, wie ich den Gesprächsfaden wieder gefunden habe.

„Woran denkst du gerade?", wollte Lena wissen.

Ich liebe diese Frage und habe sie noch nie beantwortet. Doch Lena ließ nicht locker. „Du bist so unglaublich weit weg. Was ist mit dir los? Manchmal habe ich Angst, keinen Zugang mehr zu finden."

Ganz Unrecht hatte sie nicht. Ich träumte einer Vergangenheit nach, mit ihren Zufälligkeiten und ihren magischen Momenten.

Sie, mit unserem Kind im Bauch, war ganz Zukunft. Das Herz voller Befürchtungen, den Kopf voll praktischer Erwägungen. Ich musste mich zusammenreißen.

„Erinnerst du dich noch an den dicken Roger, damals vor der Kneipe?", fragte ich. Und ohne die Antwort abzuwarten: „Wir sollten ihm mal ein Bier spendieren."

55. Morgen blau

Nichts gleicht der Stimmung nach einer Liebesnacht. Die Konturen des Morgens, wie hingetuscht. Blicke, selbst die schlafesmüden, gleichen Küsse und haben nie ein Zerwürfnis gekannt. Über das Fenster gleiten Regentropfen und bilden einen perfekten Vorhang gegen die Welt da draußen. Aufbruch und Arbeit? Wer später kommt, hat mehr vom Leben.

Ich stehe vor dem Spiegel und versuche, beim Rasieren zu pfeifen. Es klingt, wie wenn Yoko Ono singt. Da taucht Lena in meinem Rücken auf: „Ich habe heute keine Lust, zur Arbeit zu gehen."

Wie bitte? Das ist, als würde Pep Guardiola verkünden, er hätte keine Lust mehr auf Fußball. Meine Anwandlung, Lena in den Arm zu nehmen, scheitert am Rasierschaum. Stimmung, sagt man, gehe der Wahrnehmung voraus. Meine Stimmung sagt, dass wir heute gern im Bett bleiben möchten.

Oder täusche ich mich? Mit einer Stimme, die wie Ostwind klingt, sagt sie: „Seit ich im Büro verkündet habe, dass ich schwanger bin, werde ich von allen geschnitten?"

„Ich dachte, sie hätten sich alle gefreut wie Bolle."

„Haben sie auch. Anfangs. Aber ich werde nicht mehr hinzugezogen, wenn es etwas Wichtiges zu besprechen gibt. Ich zähle nicht mehr. Manche tun so, als ob Schwangerschaft ein Handicap wäre, das mich für wichtige Aufgaben untauglich stempelt."

„Aber du hast doch noch drei Monate", sage ich etwas hilflos und registriere im Stillen, dass mein Gefühl für Stimmungslagen nicht unfehlbar ist.

„Stephen, der Schleimscheißer", klagt Lena und ist mit einem Mal den Tränen nahe, „reißt sich meine Projekte unter den Nagel. Eins nach dem anderen ..."

„Das ist ein Witz", sage ich.

„Eben nicht."

„Lena", sage ich, „wir beide, wir machen heute blau."

„Ist das ein Witz?"

„Ganz und gar nicht."

❧

56. Geburt

Als es geschafft war, streckten sich mir von allen Seiten Hände zum Glückwunsch entgegen. Ich war zu müde, um zu widersprechen. Was hatte ich denn vollbracht im Vergleich zu Lena? Was war ich gewesen in diesen 18 Stunden im Kreißsaal? Ein Neben-dem-Bett-Steher, ein Zuschauer, ein Auf-und-ab-Geher, ein Mutzusprecher, eine ziemlich überflüssige Person.

Geburt ist Schmerz, also Frauensache. Der Mann steht unnütz und oft fassungslos daneben. Im Morgengrauen kam unsere Tochter zur Welt, und ich war zu glücklich, um das Glück zu empfinden. Lena lächelte souverän und hielt meine Hand. Vielleicht hatte sie Angst, dass ich schlappmachte.

Ich hatte Kaffee geholt, ungebetene Ratschläge erteilt, war erst von der einen, später von der anderen Hebamme beiseitegeschoben worden und hatte Formulare ausgefüllt. Die Unterschrift für eine schmerzbetäubende PDA-Spritze hatte Lena allerdings selbst geben müssen.

Was ist eine Mutter nach der Geburt: erschöpft und froh. Was ist ein Vater nach der Geburt: ein Tohuwabohu.

Aus einem entfernten Raum ertönte durchdringendes Babygeschrei. Es hatte was von unbändiger Wut. „Das ist Ihre Tochter", sagte die Hebamme leichthin.

Das kleine Wesen zum ersten Mal in Lenas Arm. „Machen Sie kein Foto?", fragte jemand.

„Nein", sagte ich.

„Warum nicht?"

„Dazu ist es viel zu schön." Ich blickte in das Gesicht eines Arztes, der das nicht verstand und mich offensichtlich für weggetreten hielt.

Die Hebamme bot mir an, die Nabelschnur eigenhändig abzutrennen. Verschwommen nahm ich wahr, wie sie mir eine Schere hinhielt.

„Ach, das überlasse ich Ihnen", sagte ich. „Sie haben mehr Übung."

Männer wie ich sind im Kreißsaal eine Fehlbesetzung.

Später noch einmal Lena mit dem Baby im Arm. Ausgeschlafen jetzt, aber matt.

„Du darfst den Namen aussuchen", sagte sie. Und als ich sie erstaunt ansah: „Vorausgesetzt, er gefällt mir."

„Was zum Beispiel würde dir nicht gefallen?"

„Alle Namen, die mit C anfangen, davon gibt es so viele. Und keine mit I, die hasse ich. Und keine mit S, die klingen immer so bürgerlich, findest du nicht auch?"

Meine Lena.

Junge Mutter.

Ganz die Alte.

Unsere Tochter lag in ihrem Arm und tat so, als sei sie mit allem einverstanden.

57. Mit Kinderwagen im Sturm

Es war eine freie Weidelandschaft voller Hügel, wenn auch von Drahtzäunen durchsetzt. Eingesprenkelte Baumgruppen da und dort. Ich schob den Kinderwagen, der die Unebenheiten des Weges elegant meisterte. Ein Familienausflug in den Frühling, unser erster überhaupt.

Kühe waren noch keine zu sehen, und das Wetter wusste auch nicht so recht … Egal, wir wanderten. Ein bisschen ziellos, wie mir schien. Aber das war Lenas Revier, sie kannte sich aus. Überdies waren wir gewappnet. Lena hatte eine große Tasche für alle Eventualitäten gepackt. Unser Töchterchen Felicitas lag in seinen Decken und schlummerte.

Lena erzählte von ihrer Kindheit, die sie hier ganz in der Nähe verbracht hatte. Sie erzählte von Verstecken und Baumhäusern, dem Hochsitz am Rande des Feldes und den Nachmittagen, an denen nicht viel passiert war und die gerade wegen ihrer Ereignislosigkeit die Jahre der Jugend in ein Zeitmeer verwandelt hatten, das ihr unendlich vorgekommen war.

Wenn doch einmal Grenzen gesetzt wurden, dann waren sie kurzfristiger Natur: Der alte Mann mit dem Schäferhund, der plötzlich und fuchsteufelswild auftauchte, um Lena und ihre Freunde aus dem Kirschbaum zu vertreiben.

Sie saßen oben im Geäst, pflückten und futterten in einem fort Kirschen. Die Kerne wurden in hohem Bogen ausgespuckt. Übermütig und viel zu laut riefen sie alle durcheinander. Jeder behauptete, die dunkelsten und leckersten Früchte ergattert zu haben.

Die Flucht erfolgte in halsbrecherischem Tumult, was

nicht ohne Wunden und blaue Flecken abging, denn vor dem Hund hatten sie Angst.

Ich bugsierte den Wagen über den noch aufgeweichten Weg und amüsierte mich über die maßvollen Freuden eines jungen Familienvaters: Frau erzählt, Baby schläft, du steuerst den Wagen durch den Matsch. Kein unangenehmer Gedanke. „Passt wie ein Anzug", kam es mir in den Sinn. Und auch, dass mir mein einziger Anzug nicht mehr passte. Das häusliche Leben geht nicht spurlos an einem vorbei.

Lena wunderte sich gerade, dass es „noch genauso aussieht wie früher", als es zu regnen anfing. In den Regen mischten sich zusehends kleine weiße Geschosse. Ein Stückchen blauer Himmel war noch zu sehen, aber in trostloser Entfernung.

„Wo habt ihr euch denn damals untergestellt, wenn's geregnet hat?", rief ich in eine Windböe hinein.

„Weiß nicht", rief Lena zurück.

„Wie – weiß nicht?"

„Hier kenne ich mich nicht mehr so gut aus", gab sie zu, „du bist zu weit gegangen."

„Ich?"

„Ob es für Felicitas warm genug ist?", sorgte sie sich und zupfte im Gehen die Decke zurecht. „Wer hätte gedacht, dass es schneit?"

„Das ist Graupel", sagte ich.

„Woher willst du das wissen?"

„Das sieht man doch."

„Hauptsache, du führst uns ganz schnell wieder zum Auto zurück, Schatz! Weißt du noch, wo wir sind?"

Der Sonntagsausflug als Familienabenteuer. Ich vergaß zu fragen, wie es sein konnte, dass Lena die Gegend eben noch unverändert vorkam und sie sich jetzt nicht mehr auskannte. Überhaupt hatte ich mich gewundert, wie weit der Radius spielender Kinder damals gereicht haben muss. Meiner war immer beim nächsten Fußballplatz geendet, für mich war's genug so.

Ich wendete den Kinderwagen, trat dem Unwetter mit Heldenmiene entgegen und vertraute darauf, dass der Hinweg auch in der Gegenrichtung wiedererkennbar sein würde.

„Eine Familie zu führen", sagte ich zu Lena, „ist auch nicht leichter, als mit einem Fußballteam in eine Schlacht zu ziehen."

Lena kämpfte mit ihrer Anorak-Kapuze.

„Wie meinst du das?", fragte sie.

❧

58. Tanz in der Nacht

M mh", sagte ich, „lecker!"
„Mmh!", sagte Lena.

Wir futterten Wildschwein-Salami aus Frankreich und brachen ein frisch aufgewärmtes Baguette. Vor lauter Begeisterung holte ich die Flasche Schampus, die noch von Silvester übriggeblieben war, aus dem Kühlschrank und begann sie zu entkorken. Ganz leise. Nur kein Knallen.

„Ist das unsere letzte Freiheit?", fragte Lena.

Es war nachts gegen drei, und irgendwie hatte es sich so ergeben, dass wir uns beide mit einem Riesenappetit in der Küche wiederfanden. Wir stießen an.

„Ich möchte tanzen", sagte Lena.

„Leg eine CD auf", schlug ich vor.

„Geht doch nicht", sagte Lena und wies mit dem Kinn Richtung Schlafzimmer.

„Meine Mutter hat mal erzählt, wie sie mit meinem Vater nachts über die deutsch-belgische Grenze getanzt ist", sagte ich. „Einfach so. Damals, als es noch Grenzen gab."

„Und?"

„Natürlich kamen die Grenzer aus ihrem Kabuff geschossen und haben kontrolliert wie verrückt. Bis auf einen ..."

„Was war mit dem?"

„Der hat, ich weiß nicht wie, die Musik aufgedreht. Ganz laut, dass es über den Platz schallte. Meine Mutter meinte, es sei Wilson Pickett gewesen, ,Land of 1000 Dances'. Aber mein Vater erinnerte sich an was anderes. Jedenfalls, das Eis war gebrochen. Alle lachten und wünschten meinen Eltern viel Glück. Wozu auch immer."

Lena strahlte.

„Weißt du was, Liebling", sagte sie, „tanz mit mir in den Morgen!"

„Na, hör mal", wandte ich ein, „bis zum Morgen ist es noch weit."

„Mach's einfach", sagte Lena.

59. Abgeschlossen?

H ast du die Haustür abgeschlossen?"
      „Ja", sagte ich.
„Zweimal?"
„Ja, Lena."
„Hast du auch an die Rollläden gedacht?"
„Ich denke an nichts anderes, Liebling."
Pause.
„Könntest du vielleicht noch mal nach der Kleinen gucken?"
„Warum?"
Mitternacht war vorbei. Ich hatte mich gerade eingekuschelt und spürte, dass ich heute keine Probleme mit dem Einschlafen haben würde. Aber Lena gab keine Ruhe.
„Ich fühle mich wohler, wenn ich weiß, dass alles in Ordnung ist", sagte sie.
So demütig das auch klang, bedeutete es aber doch klare Kante. Mach das!, hieß das. Du bist der Mann im Haus ... Undenkbar, dass sie selbst aufstehen würde. Zu dieser Stunde machte ihr die Dunkelheit Angst.
„Ich komme mir vor wie ein Nachtwächter bei seinem Rundgang", grummelte ich. Aber natürlich erhob ich mich und tastete durch völlige Finsternis ins Nebenzimmer. Es war alles in Ordnung. Der Schlummer unserer Tochter, schwer wie Honigtau und voller Vertrauen in die Güte der Welt, war eine einzige Widerlegung von Lenas Sorge.
In Momenten des Streits, wenn ich mich zu Phantasien verstieg, in denen ich die Tür hinter mir zuschlug, um wieder das freie Leben des geborenen Singles zu

führen, als den ich mich insgeheim sah, kamen mir Lenas Fragen in den Sinn und wie sehr ich sie vermissen würde: Hast du die Tür abgeschlossen? Hast du nach der Kleinen geguckt?

Im Bett rückte Lena eng an mich heran.

„Danke, Liebster", sagte sie. „Weißt du, manchmal fürchte ich mich. Auch vor dem Glück, das wir haben, fürchte ich mich. Es ist so schön."

❧

60. Obladi Oblada

Was für ein schöner Morgen! Die Sonne guckte mir durchs Fenster zu, während ich mich einer wie immer perfekten Rasur unterzog. An so einem Tag ging kein Schnitt daneben, das stand mal fest. Der Geruch von frischem Kaffee drang bereits von der Küche zu mir herüber, als ich mich unter die Dusche stellte und ein frohes Lied anstimmte: „She came in through the bathroom window …"

Ich sang es laut, ich sang es gut.

„Ruhe", befahl Lena aus der Küche. Ich hörte, wie sie mit Besteck hantierte, gleich würde es ein köstliches Frühstück geben, alles in bester Butter, ich sang weiter: „The long and winding road that leads to your door …"

„Schatz, bitte, hör auf!", rief Lena. Es hallte so schön im Bad, ich hatte – weiß auch nicht warum – einen Paul-McCartney-Tag, lauter Melodien, wie für die Dusche geschrieben. Gleich würde ich zu „Obladi Oblada" übergehen, Lena konnte nicht wirklich was dagegen haben, das meinte sie nicht ernst.

„Wenn du jetzt nicht sofort aufhörst mit deinem Ge-
gröle, dann ..." Lena stand mit Felicitas auf dem Arm neben der Dusche und wirkte unangemessen furienhaft.
Ich verstand das nicht.

Zugegeben, ich singe nicht so wie Master Paul, auch
nicht wie Tom Waits, aber für eine deutsche Standarddu-
sche reicht es.

Wie es der Teufel will, fiel mir gerade noch eine McCart-
ney-Zeile ein: „Get back to where you once belonged ..."

Aber ach, ich hielt den Mund. Perlen vor die Säue.
Und es war so ein schöner Morgen gewesen.

61. Alte Liebschaften

Komischer Tag. Es mag zur Liebe gehören, dass einen
ab und zu ein Glücksgefühl über die alles in allem
vortrefflich gelungene Wahl des Partners durchströmt.

Aber dass ich mir gleich zweimal an einem Tag zu
meiner Lena gratulieren durfte, kommt selten vor.

Morgens in der Apotheke (ich brauchte Hustensaft
für unsere Tochter) begegnete ich meiner Jugendliebe
Muriel.

Hier Hallo, da Hallo.

Ihrerseits ein Lächeln wie gemalt. Du aufgetakelte
Schachtel, dachte ich und ging innerlich in Abwehrhal-
tung. Tatsächlich sah sie umwerfend aus. Um es mit den
Worten eines Künstlers zu sagen: Gesicht eines Engels,
Körper einer babylonischen Hure. Als sie sich elegant in
ihr Cabrio schwang, gab mir jede Bewegung zu verstehen: Armut hat nichts, um die Liebe zu ernähren ...

Damit konnte ich leben, kein Problem. Sie winkte, ich winkte.

Später lief mir Ariane über den Weg.

Oder ich ihr. Küsschen hier, Küsschen da.

Wenn ich nach Ende meiner kurzen Monate mit Ariane darüber nachgedacht hatte, wohin die Liebe so schnell verflogen sei, brachte ich es auf den Nenner: Sie war ABBA, ich war AC/DC. „Gut schaust du aus", sagte sie mit feinem Lächeln und kniff mir die Wange, „so adrett. Fesch. Na ja, ein Wilder warst du ja eigentlich nie!"

Diese Bemerkung, gebe ich zu, hing mir ein bisschen nach. Sie war die Bessere-Leute-Tochter gewesen, ich der Prolet. Oder meinte sie was anderes?

Zu Hause hatte Lena schon die Halma-Figuren aufgestellt. Ich strahlte sie an. „Was ist?", fragte sie. „Nichts. Heute, mein Schatz, darfst du mich vernichten."

„Oho!", meinte sie ungläubig.

„Aber ich werde mich ein ganz kleines bisschen wehren", versprach ich.

62. Tief im Soll

Das Leben gleicht einem Zickzack von Soll und Haben, besonders das Familienleben. Das habe ich mir nicht selbst ausgedacht, sondern von Lena gelernt. Als junge Mutter und vorübergehend nicht berufstätige Hausfrau zieht sie regelmäßig Bilanz. Ich finde das ein wenig anmaßend, weil mir dahinter ein Vorwurf zu stecken scheint. Seit sie nur noch zu Hause ist, fühlt sich

Lena „kontaktmäßig im Soll", wie sie kürzlich erwähnte. Aus ähnlichen Äußerungen darf ich schließen, dass sie sich auch erlebnismäßig im Soll fühlt und was ihre intellektuelle Beanspruchung angeht sowieso.

„Demnächst wirst du mir vorhalten", warf ich bei Gelegenheit ein, „du seiest auch sexmäßig im Soll."

Da wiegte sie nur sanft das schöne Haupt und meinte: „Das habe ich nicht gesagt, mein Schatz, und im Übrigen ließe sich das ja auch jederzeit ändern. Oder siehst du das anders?"

Ich empfand die wiederholte Betonung ihres häuslichen Angebundenseins (auch das zweifellos ein Sollzustand) übertrieben und vor allem einseitig. Dann und wann auf der Fahrt zur Arbeit hielt ich nach, was Ehe und Familiengründung bei mir angerichtet hatten. Fußball spielen war für mich passé. Die Abende gehörten Frau und Tochter, außerdem wurde ich langsam hüftsteif. Skatabende waren passé, weil Lena das nicht leiden konnte. Einfach mal ins Blaue fahren war passé, und ich fragte mich warum. Mein alter Kumpel Friedemann war passé, weil ich von unseren Zusammenkünften reichlich angeschickert nach Hause zu kommen pflegte, was Lena nicht länger duldete.

Die früher heiß umkämpften Scrabble-Partien zwischen Lena und mir gehörten ebenfalls der Vergangenheit an, weil sie im abendlichen Felicitas-Trubel oft unterbrochen wurden und ohnehin recht zeitaufwändig waren.

Stattdessen spielten wir Halma. Großartiges Spiel, eigentlich. Leider verlor Lena recht häufig. Jedenfalls viel häufiger als sie gewann. Dabei hatte sie sich angewöhnt, Halma ein bisschen wie Schach zu spielen und meine

mutmaßlichen Züge vorausschauend zu berücksichti-
gen. Sie spielte strategisch. Mir wäre das zu anstrengend.
Ich zog intuitiv, immer aus der Situation heraus und immer auf lange Sprungserien erpicht.

Wenn die Kleine noch wach war, zog sie sich gern am
Tischbein hoch, sagte „igrrr" und plumpste auf den Popo
zurück.

„Sie feuert mich an", sagte ich.

„Ihr beiden haltet zusammen, das ist unfair", meinte
Lena.

Diesmal befand sie sich schon wieder auf der Ver-
liererstraße. Ich machte mich schon auf die Klage ge-
fasst, dass sie nur noch zu Hause rumsäße und geistig
verkümmere; anders seien ihre fortlaufenden Niederla-
gen gar nicht zu erklären.

Nach dem letzten Zug aber reichte sie mir die Hand
und gratulierte: „Gut gemacht, Schatz. Ergebnismäßig
liege ich ja wohl tief im Soll. Aber ich werde meine Strategie ändern, ich weiß auch schon wie. Dagegen wirst du
nicht ankommen!"

❧

63. Vater und Tochter

Es war Samstagmorgen. Wochenende. Was machte
Lena? Sie drängte zum Aufbruch.

„Los, du Schlafmütze!", rief sie und schüttelte ihr Kis-
sen aus. Das sollte mich auf die Beine bringen.

„Komm", lockte sie noch einmal, „wir fahren in die Stadt
und kaufen uns was Schönes. Das wird ein Supertag."

„ich bin müde", stöhnte ich. „Elseline pennt doch auch gerade so schön. Fahr du allein, dann hast du mehr davon."

Normalerweise bekam Lena diesen strengen Lehrerinnenblick, wenn ich Felicitas „Elseline" nannte. Lena mochte das nicht, genauso wenig wie ich Felicitas mochte. Jedenfalls jetzt noch nicht. In den Namen Felicitas musste sie erst hineinwachsen. In Augenblicken der Verzückung wurde Elseline zum Elselinchen, in Momenten des Knatschens zur Else. Sie war oft Else.

Diesmal aber war Lena mit allem einverstanden. Ein Einkaufsbummel allein und ungebunden, was für eine Aussicht! Zwar fand ich, dass sich die junge Mutter in ein verdammt schickes Kostüm warf (war das neu?), dann musste ich feststellen, dass sie sich übertrieben aufwändig geschminkt hatte und auf Absätzen ging, die sie über sich selbst hinaushoben. Aber ein Auftritt auf der Einkaufsmeile erforderte zweifellos eine prächtige Erscheinung, schon klar.

Elseline und ich verbrachten den Tag mit Schlafen, Windelwechseln, Fütterungen, deren Ähnlichkeit mit kleinen Balgereien zwischen Tochter und Vater außenstehende Beobachter verwirrt hätte. Ich war wieder Kind und wollte es sein. Nachmittags, als ich Lena zurückerwartete, kochte ich ganz erwachsen Kaffee und stellte Kekse auf den Tisch. Doch Lena blieb aus. Elseline saute sich mit einem Stück Schokolade ein. Und lachte. Das konnte sie schon – lachen. Wunderschön.

Dann gingen wir zwei einkaufen. Vater und Tochter. Fleisch, Reis, Äpfel, Tiramisu aus Fertigpackungen, eine Flasche Wein. Töchterchen sah mir vom Hochsitz vergnügt beim Fuhrwerken in der Küche zu. Es roch vorzüglich, aber das bekam Elschen nicht mit, sie legte ein Nickerchen ein.

Später aber saß sie wieder hellwach mit mir am Tisch. Er konnte sich übrigens sehen lassen: Kerzen, Stoffservietten, das gute Geschirr, dazu der in eine Karaffe umgefüllte Rotwein. Ich war mit mir zufrieden. Nur die Dame des Hauses fehlte.

„Sollten wir schon mal anfangen?", fragte ich meine Tochter und wedelte mit dem Gläschen. Sie war einverstanden.

Da kam Lena. Über und über bepackt.

„Was ist das denn?", rief sie angesichts der festlichen Tafel. „Jetzt habe ich uns extra Pizza mitgebracht."

꧁

64. Die erste Geburtstagskerze

Die Nachricht erreichte mich auf WhatsApp, mitten in einem Krisengespräch bei der Arbeit. Ich spürte das Vibrieren des Smartphones und wusste: Lena.

Ich entschuldigte mich. „Wunderschönes Wetter, Schatz", schrieb sie, „Elseline kämpft mit dem Papier. Schade, dass du nicht bei uns bist."

Das war einer der Momente, in denen ich dieses wohlige Erschauern spürte, wie früher als Kind. Das Gefühl kroch den Rücken rauf und runter, nein, es erfasste mich ganz und gar. Körperliche Seligkeit. Lena war mit Felicitas ans Meer gefahren, der erste Geburtstag, Geschenke wurden ausgepackt, das Papier war natürlich die Hauptsache. Ich hatte nicht mitfahren können. Urlaubssperre.

Dass Lena Felicitas Elseline nannte, so wie ich es sonst mache, war sensationell. Innerlich vollführte ich einen Hüpfer. Als es um die Festlegung des Namens ging, hatte ich vage gespürt, dass mir Felicitas nie sonderlich gefallen würde. Sicher, man denkt, man gewöhnt sich dran, aber das erste Gefühl hatte nicht getrogen.

Dabei war ich es selbst gewesen, der den Namen Felicitas ins Spiel brachte. In einer seltsamen Form partnerschaftlich vorauseilenden Gehorsams hatte ich nicht nur eigene Namenswünsche auf den Zettel geschrieben, den wir anschließend tagelang hin- und herwendeten, sondern auch solche, von denen ich ahnte (aber nicht hoffte), dass sie Lena gefallen würden. Das schien mir nur fair zu sein. Sie aber hatte Felicitas beim Schopf ergriffen und nicht mehr losgelassen.

Einige Stationen unseres ersten Elselinenjahres gingen mir durch den Kopf. Väter erleben manches nur aus zweiter Hand. Die Mutter bleibt, wie wenn es Naturgesetz wäre, beim Kind. Ich erinnerte mich, wie Lena mir die erste Drehung des Babys gesimst hatte (was auf dem Foto nicht wirklich zu sehen war). Später das erste Lächeln, die ersten Sprechversuche (mit dem Handy aufgezeichnet), das erste Krabbeln. Der Vater immer als ferner Beobachter, dem die Fortschritte zugesandt wurden, als ob er im Ausland arbeitete.

Der Gedanke an Elseline und Lena machte die Arbeit erträglicher. Und gleichzeitig bedrückender. Als ich zurückging in die Sitzung, empfand ich stärker als jemals zuvor, wie abhängig wir alle drei von diesem Job waren.

Später am Abend simste Lena: „Ich habe Sekt gekauft, und du hast auch noch eine Flasche im Keller. Lass uns gemeinsam anstoßen. Ich hier, du dort. Ich bin so glücklich."

Ja, dachte ich, das bin ich auch. Aber mit einem Rucksack voller Sorgen auf dem Buckel.

❧

65. Heimkehr

Die Reserven der Firma seien aufgebraucht, neue Kredite möglich, aber nicht wahrscheinlich. Die Banken reagierten „ungewöhnlich defensiv" ...

Das waren die Nachrichten, die wir in der Betriebsversammlung bekommen hatten. Oft schon hatte es in den letzten Jahren schlecht um unsere Firma ausgesehen, aber wenn man längere Zeit nichts Beunruhigendes hört, scheinen alle Wolken wie weggeblasen.

Aber sie kommen zurück.

Solcherart war meine Stimmung, als ich zu Hause von meiner Tochter empfangen wurde, die mich gleich am Hosenbein in ein Spiel lotsen wollte, und von meiner Frau, die ebenfalls was auf dem Herzen hatte. Lena hatte unseren neuen selbstgefertigten Tisch vollendet. Nun stand er da, geleimt und poliert. Ein Prachtstück.

Sie lächelte mich an – in Erwartung meiner Begeisterung. Felicitas saß inmitten ihrer Klötze – in Erwartung, dass ich mich beteiligte. Und ich, ich wünschte, ich könnte sagen, dass ich mir nichts anmerken ließ und gute Miene zur guten Laune gemacht hätte ...

Lena nahm Felicitas auf den Arm und sagte: „Lass Papa in Ruhe, mein kleiner Liebling, der muss erst mal richtig ankommen."

Ich war dankbar, dass sie keine Fragen stellte. „Wie

115

war dein Tag?" oder so.

Später, als Felicitas schlief und wir auf dem Sofa saßen, fragte Lena: „Muss ich sofort wieder arbeiten, oder habe ich noch Aufschub?"

„Etwas Aufschub hast du", sagte ich.

So saßen wir und schwiegen in die aufkommende Dunkelheit. Wir lehnten aneinander, unendlich vertraut. Warum Trübsal blasen? Ich war zu Hause.

❦

66. Katinka Knack

Mitunter sprudelt es nur so aus mir heraus. Dann wird meine Tochter Felicitas plötzlich zur Elseline und aus Lena wird Katinka Knack; nur so als Beispiel.

Das muss mit Anwandlungen völliger Vernarrtheit zu tun haben, wie sie bei uns Männern bekanntlich vorkommt.

Katinka Knack ließ Lena übrigens nicht ohne Weiteres auf sich beruhen.

„Es muss Katharina Knack heißen", korrigierte sie mich, was ich nicht verstand und pingelig fand. Was hatte sie an Katinka auszusetzen?

„Kennst du die Geschichte denn nicht?", fragte sie in einem Ton, der heißen sollte: Die kennt doch jeder!

„Welche Geschichte?"

„Spielt im alten Masuren. Siegfried Lenz hat sie einst erzählt. Der Holzfäller Joseph Waldemar Gritzan, ein Riesenkerl, will Ka-tha-ri-na heiraten. Sie hockt am Fluss, wäscht Wäsche und weiß von nichts. Da setzt er sich neben sie. Nach langem einvernehmlichen Schweigen, in dem sich tiefe Verbundenheit ausdrückt, bietet er ihr eine Stange Lakritz an. Das ist schon die halbe Miete. Katharina ist reif für den Traualtar."

„Und die heißt auch Knack?", fragte ich einigermaßen verwundert.

„Knack heißt sie", bestätigte Lena.

„Ist ja ein bisschen wie bei uns", fiel mir dazu ein. „Als ich dich zum ersten Mal in meine Lieblings-Pommesbude ausführte, warst du auch hin und weg."

Lena lächelte süßsäuerlich. „Du und deine Pommesbude. Vielleicht hätte mir ein Lakritz damals besser gefallen."

„Du redest wie eine Katharina", entgegnete ich, „dabei bist du Katinka."

&

67. Freibadtage

Das Verhältnis vom Freibad zum Wetter ist von Natur aus vertrackt. Noch vertrackter verhält es sich mit dem Verhältnis von der Hüftrolle zum Bikini. Die warmen Tage Ende April wurden in unserem Freibad ignoriert. Geöffnet wird nicht nach Wetter und Gelegenheit, sondern nach Vorschrift.

Als wir im Mai endlich unser Töchterchen Felicitas mit den Wonnen des Babybeckens bekanntmachen konnten, war es bitterkalt. Wir hatten die Anlage weitgehend exklusiv, was keinerlei Auswirkung auf den Eintrittspreis zeitigte. Lena fror wie ein Schneider und gab zu bedenken, dass Felicitas sich garantiert den Tod hole …

Der nächstmögliche Freibadbesuch kam im Juni an einem Tropentag inmitten von Mückenschwärmen. Felicitas war begeistert, Lena wirkte gehemmt.

Links und rechts offenbarten Frauen, warum die Diätvorschläge in Illustrierten ihre Berechtigung haben. Nur meine schlanke Lena hüllte sich in ein federleichtes, aber bedeckendes Gewand.

Abends bei Tisch. Es gab Tafelspitz, unsagbar zart. Ich hob das Rotweinglas, Lena prostete mit Wasser zurück.

„Wie du das alles wegsteckst", sagte sie.

Da also lag der Hase im Pfeffer. Lena empfand sich als dick und nicht mehr bikinitauglich. Können Hüftröllchen, ach was, die Ahnung eines Ansatzes von Röllchen, Sünde sein?

Ich wollte etwas Nettes sagen. „Deine Pfunde, Liebling", sagte ich, „machen mich verrückt."

„Das ist es ja", erwiderte sie nüchtern, „mich machen sie auch verrückt!"

※

68. Elvis

Elvis", sagte ich düster, „wäre nun auch schon 80."

„Erst 80!"

„Wieso erst?"

„Weil sich unsere Einstellung zum Alter grundlegend geändert hat", erklärte Lena. „Als Elvis 1977 starb, ging 80 noch als respektables Alter durch. Heute ist es ja fast schon peinlich, so jung zu sterben."

„Nur die Guten sterben jung", sagte ich. Aber weil ich

Der Autor

Detlef Hartlap, der den „Tisch für zwei" unter dem Kürzel *rwo* verfasst, war 24 Jahre lang Chefredakteur der Fernsehzeitschrift *prisma*, davor Mitglied der Chefredaktion der „SPORT-Illustrierten" in München, Gründer und Chefredakteur der Monatszeitschrift „Ostfriesland-Magazin", Kulturchef beim „stern" und Textchef bei „TV Spielfilm". Er ist glücklich verheiratet, Vater von sieben Kindern und in familiären Zwistigkeiten nicht unerfahren.

mich nicht mit einem Allgemeinplatz aus der Unterhaltung stehlen wollte, fügte ich hinzu: „Immerhin hat er alles gehabt, was das Leben schön macht – Erfolg, Verehrung, Reichtum ...“

„Und Frauen, sagenhaft viele Frauen, wolltest du sagen“, ergänzte Lena.

„Ja, auch Frauen.“

„Neidisch?“ Sie lächelte erfreut, als ob sie mich bei geheimen Sehnsüchten ertappt hätte.

„Ich sehe ihn so“, erklärte sie: „19jähriger Lastwagenfahrer wird Superstar und wäre gern Superhengst geworden, was aber nicht klappte.“

Ich guckte verständnislos.

„Schau dir die Fotos an“, sagte sie, „Elvis setzt mit diesen jungen Dingern im Arm sein dämlichstes Grinsen auf und weiß nichts mit ihnen anzufangen. Er sieht so was von unsexy aus, wie ein Teddy, mit dem schon zu viele gespielt haben.“

„Elvis ist ein Idol“, beharrte ich.

„Besser ist's“, schmunzelte Lena und kraulte mich zärtlich am Kinn, „wenn ein Mann ein Mann ist und kein Idol.“